ŒUVRES

DE

J. BARBEY D'AUREVILLY

ŒUVRES

DE

J. BARBEY D'AUREVILLY

UNE VIEILLE MAITRESSE

Perseverare diabolicum.

TOME PREMIER

FAC ET SPERA

PARIS

ALPHONSE LEMERRE, ÉDITEUR

27-31, PASSAGE CHOISEUL, 27-31

M D CCC LXXIX

Au Vicomte d'Izarn-Freyssinet.

OICI, Vicomte, cette *Vieille Maî-
tresse* que je vous ai dédiée quand
elle n'était encore, comme l'opéra
de Gluck, dans Hoffmann, qu'un
cahier de papier blanc. Elle est restée longtemps inachevée sous votre regard bienveillant
et curieux. Hélas ! en tout les premiers moments sont si beaux qu'on a peut-être tort
d'achever les livres qu'on commence. Le mien,
qui s'est trouvé fini par je ne sais quelle
inexplicable persévérance, prend votre nom
pour son étoile. Qu'il vous plaise à vous,
esprit difficile, éprouvé, sybarite de l'intelligence, et pour moi tout sera dit : mais vous
plaira-t-il ? J'ai l'inquiétude des ambitieux et
des coquettes. Vous qui êtes profond sans y
tenir, comme si vous n'étiez pas brillant, et
brillant comme si vous n'étiez pas profond,

sans y tenir davantage, trouverez-vous un peu
de peinture vraie et d'observation réelle dans
ce livre que je vous dédie? Trouverez-vous
que ce sont là des portraits qui marchent, et
que j'ai un peu éclairé, à ma manière, ces
obscurs replis, entortillés et redoublés de l'âme
humaine, que tous les penseurs du monde
déroulent et détirent, chacun de son côté, et
qui se rétractent tant sous leurs efforts?...
Jugez-en. Mon succès sera surtout la faveur de
votre opinion. Je ne rêve plus grand'chose
maintenant, même la gloire. J'ai trop perdu
de plomb à tirer les hirondelles sur les rivières,
pour bien viser ce bel *Oiseau bleu* moqueur,
couleur du temps, qui ne *vient à nous prompte-
ment* que dans les contes. Je l'y ai laissé. Je
troquerais toutes les plumes de ses ailes pour
votre seule approbation. Je la choisirais entre
toutes les autres, en me rappelant l'épigramme
de Goëthe : «Que le sable reste le sable, mais
la pierre précieuse est à moi. »

Jules-A. BARBEY D'AURÉVILLY.

PRÉFACE

DE LA NOUVELLE ÉDITION.

———

E *Roman que voici fut publié en* 1851, *pour la première fois.*

A cette époque, l'auteur n'était pas entré dans cette voie de convictions et d'idées auxquelles il a donné sa vie. Il n'avait jamais été un ennemi de l'Église. Il l'avait, au contraire, toujours admirée et réputée comme la plus belle et la plus grande chose qu'il y ait, même humainement, sur la terre. Mais chrétien par le baptême et par le

respect, il ne l'était pas de foi et de pratique, comme il l'est devenu, grâce à Dieu.

Et comme il n'a pas simplement ôté son esprit des systèmes auxquels il l'avait, en passant, accroché, mais que, dans la mesure de son action et de sa force, il a combattu la philosophie et qu'il la combattra tant qu'il aura souffle, les Libres Penseurs, avec cette loyauté et cette largeur de tête qu'on leur connaît, n'ont pas manqué d'opposer à son catholicisme d'une date récente un Roman d'ancienne date, qui ose bien s'appeler *UNE VIEILLE MAITRESSE*, et dont le but a été de montrer non-seulement les ivresses de la passion, mais ses esclavages.

Eh bien, c'est cette opposition entre un livre pareil et sa foi que l'auteur d'*UNE VIEILLE MAITRESSE* entend repousser aujourd'hui. Il n'admet nullement, quoiqu'il plaise aux Libres Penseurs de le dire, que son livre, dont il accepte la responsabilité puisqu'il le réédite, soit véritablement une inconséquence aux doctrines qui sont à ses yeux la vérité même. A l'exception d'un détail libertin dont il se reconnaît coupable, détail de trois lignes, et qu'il a supprimé dans l'édition qu'il offre aujourd'hui au public, *UNE VIEILLE MAITRESSE*, quand il l'écrivit, méritait d'être rangée dans la catégorie de toutes les compositions de littérature et d'art qui ont pour objet de représenter la passion sans laquelle il n'y aurait ni art, ni littérature, ni vie morale, car l'excès de la passion, c'est l'abus de notre liberté.

L'auteur d'UNE VIEILLE MAITRESSE n'était donc alors, comme il n'est encore aujourd'hui, qu'un romancier qui a peint la passion telle qu'elle est et telle qu'il l'a vue, mais qui, en la peignant, à toute page de son livre l'a condamnée. Il n'a prêché ni avec elle ni pour elle. Comme les romanciers de la Libre Pensée, il n'a pas fait de la passion et de ses jouissances le droit de l'homme et de la femme et la religion de l'avenir. Il l'a exprimée, il est vrai, le plus énergiquement qu'il a pu, mais est-ce de cela qu'on lui fait un reproche?... Est-ce de l'ardeur de sa couleur comme peintre qu'il doit catholiquement s'accuser?... En d'autres termes, la question posée contre lui à propos d'UNE VIEILLE MAITRESSE n'est-elle pas beaucoup plus haute et plus générale que l'intérêt d'un livre dont on ne parlait pas tout le temps qu'on manquait de motif pour le jeter à la tête de son auteur? Et cette question n'est-elle pas, en effet, celle du roman lui-même, auquel les ennemis du Catholicisme nous défendent, à nous, Catholiques, de toucher?

Oui, voilà la question! Posée ainsi, elle est impertinente et comique. Voyez plutôt! Dans la

morale des *Libres Penseurs*, les *Catholiques* n'ont
pas le droit de toucher au roman et à la passion,
sous le prétexte qu'ils doivent avoir les mains
trop pures, comme si toutes les blessures qui
jettent du sang ou du poison n'appartenaient pas
aux mains pures ! Ils ne peuvent pas toucher au
drame non plus, car c'est de la passion encore.
Ils ne doivent toucher ni à l'art, ni à la littérature, ni à rien, mais s'agenouiller dans un
coin, prier et laisser le monde et la *Libre Pensée*
tranquilles. Certes, je le crois bien que les *Libres
Penseurs* voudraient cela ! Si c'est bouffon par
un côté, par l'autre une telle idée a sa profondeur. Je crois bien qu'ils aimeraient à se débar-
rasser de nous par un tel ostracisme, à pouvoir
dire, nous ayant barré toutes les avenues, toutes
les spécialités de la pensée : « Ces misérables *Catholiques* ! sont-ils en dehors de toutes les voies
de l'esprit humain ! » Mais franchement, il nous
faut une autre raison que celle-là, pour accepter,
d'un cœur humble et docile, la leçon que les
ennemis du *Catholicisme* ont la bonté de nous
faire sur la conséquence catholique de nos actes
et l'accomplissement de nos devoirs.

Et pour en parler, d'ailleurs, d'où le connais-
sent-ils, le *Catholicisme* ?... Ils n'en savent pas le
premier mot. Ils le méprisent trop pour l'avoir
jamais étudié. Est-ce leur haine qui en a deviné
l'esprit sous la lettre ? Ce qu'il y a moralement

et intellectuellement de magnifique dans le Catholicisme, c'est qu'il est large, compréhensif,
immense ; c'est qu'il embrasse la Nature humaine
tout entière et ses diverses sphères d'activité et
que, par-dessus ce qu'il embrasse, il déploie
encore la grande maxime : « Malheur à celui
qui se scandalise! » Le Catholicisme n'a rien de
prude, de bégueule, de pédant, d'inquiet. Il laisse
cela aux vertus fausses, aux puritanismes tondus.
Le Catholicisme aime les arts et accepte, sans
trembler, leurs audaces. Il admet leurs passions
et leurs peintures, parce qu'il sait qu'on en peut
tirer des enseignements, même quand l'artiste
lui-même ne les tire pas.

Il y a pour les esprits impurs de terribles
indécences dans le tableau de Michel-Ange (le
Jugement dernier) et on trouve dans plus d'une
cathédrale de ces choses qui auraient fait couvrir
les yeux d'un protestant avec le mouchoir de
Tartuffe. Est-ce que le Catholicisme les condamne, les repousse et les a effacées?... Est-ce
que les plus grands Papes et les plus saints n'ont
pas protégé les Artistes qui faisaient de ces
choses, dont l'austérité des protestants aurait eu
et a eu horreur comme de sacriléges ?... Quand
le Catholicisme a-t-il interdit de raconter un
fait de passion, si affreux, si criminel qu'il fût,
d'en tirer des effets pathétiques, d'éclairer un
gouffre dans le cœur de l'homme, quand même

il y aurait au fond du sang et de la fange; enfin d'écrire du roman, c'est-à-dire de l'histoire possible *quand elle n'est pas* réelle, c'est-à-dire, en d'autres termes, de l'histoire humaine... *Nulle part!* Il a tout permis, au contraire, mais sous cette réserve absolue que le roman ne serait jamais une propagande de vices ou une prédication d'erreur; que jamais il ne se permettrait de dire que le bien est le mal et que le mal est le bien, et qu'il ne sophistiquerait point au profit de doctrines abjectes ou perverses comme les romans de Madame Sand et de Jean-Jacques Rousseau. Sous cette réserve, le Catholicisme a même permis de peindre le vice et l'erreur dans leurs faits et gestes et de les peindre ressemblants. Il ne coupe point les ailes au génie, quand génie il y a...

Il n'eût point empêché Shakespeare, si Shakespeare lui eût appartenu, d'écrire cette sublime scène qui ouvre Richard III, dans laquelle la femme désolée qui suit le cercueil de son mari, empoisonné par son frère, après avoir vomi des imprécations épouvantables contre l'assassin, finit par lui donner sa bague d'épouse et par s'abandonner à son faux et incestueux amour. C'est abominable, c'est affreux, les niais disent même improbable, parce que ce hideux changement du cœur d'une femme a lieu dans la courte durée d'une scène, ce qui est, selon moi, une vérité de plus; oui, c'est abominable et affreux, mais c'est beau de vérité humaine, profondément, cruellement, effroyablement beau, et la vérité et la beauté, en quelque genre qu'elles soient, ne sont point retranchées ni abolies par le Catholicisme, qui est la vérité absolue. Et, remarquez bien! Shakespeare ne dogmatise pas. Il expose. Il ne dit pas ou ne fait pas dire au spectateur « Richard III a raison. Cette femme qu'il séduit sur le corps chaud de son mari assassiné a raison de se laisser séduire par le beau-frère assassin que voilà roi. — Non, il dit « Cela est, » et avec la superbe impassibilité de l'artiste, qui est quelquefois impassible, il le fait voir, et d'une façon si puissante que le cœur s'en tord dans la poitrine, et que le cerveau en est frappé comme d'une décharge d'électricité foudroyante.

Eh bien, descendez de Shakespeare à tous les artistes, et vous avez le procédé de l'art que le Catholicisme absout et qui consiste à ne rien diminuer du péché ou du crime qu'on avait pour but d'exprimer.

Mais il y a plus, et le Catholicisme va plus loin encore. Quelquefois le vice est aimable. Quelquefois la passion a des éloquences, quand elle se raconte ou se parle, qui sont presque des fascinations. L'artiste catholique reculera-t-il devant les séductions du vice? Étouffera-t-il ces éloquences de la passion? Devra-t-il s'abstenir de

peindre l'un et l'autre, parce qu'ils sont puis-
sants tous deux? Dieu, qui les a permis à la
liberté de l'homme, ne permettra-t-il pas à l'artiste de les mettre dans son œuvre à son tour?...
Non, Dieu, le créateur de toutes les réalités, n'en
défend aucune à l'artiste, pourvu, je le répète,
que l'artiste n'en fasse pas un instrument de perdition. Le Catholicisme n'éclope pas l'art par
peur du scandale. Il est bon même parfois que le
scandale soit.

Il y a quelque chose (qu'on me passe le mot)
de plus catholique qu'on ne croit dans l'inspiration de tous ces peintres qui se sont plu à retracer
la beauté splendide comme l'or, la pourpre et la
neige, de cette bouchère, de cette bourrèle d'Hé-
rodiade, l'assassine de saint Jean. Ils ne l'ont
privée d'aucun de ses charmes. Ils l'ont faite
divine de beauté, en regardant la tête coupée
qu'on lui offre, et elle n'en est que plus infernale
d'être si divine! Voilà, en tout, comme l'art doit
s'y prendre. Peindre ce qui est, saisir la réalité
humaine, crime ou vertu, et la faire vivre par
la toute-puissance de l'inspiration et de la forme,
montrer la réalité, vivifier jusqu'à l'idéal, voilà
la mission de l'artiste. Les artistes sont catholiquement au-dessous des Ascètes, mais ils ne sont
point des Ascètes, ils sont des artistes. Le Catholicisme hiérarchise les mérites, mais ne mutile
pas l'homme. Chacun de nous a sa vocation dans

es facultés. *L'artiste n'est pas non plus* un préfet
le police d'idées. *Quand il a créé une réalité,
n la peignant, il a accompli son œuvre. Ne lui
'emandez rien de plus!*

*Mais j'entends l'objection et je la connais...
Iais la moralité de son œuvre! mais l'influence
le son œuvre sur la moralité publique déjà ébranlée! etc., etc., etc.*

*A tout cela, je réponds en sécurité : la mora-
ité de l'artiste est dans la force et la vérité de
a peinture. En peignant la réalité, en lui infil-
rant, en lui insufflant la vie, il a été assez
noral : il a été vrai. Vérité ne peut jamais être
éché ou crime. Si on abuse d'une vérité, tant
is pour ceux qui en abusent! Si on conclut d'une
euvre d'art* vivante *et vraie, si on en conclu
les choses mauvaises, tant pis pour les coupables
aisonneurs! L'artiste n'est pour rien dans la
onclusion. « Il y a prêté, » direz-vous. Est-ce
ue Dieu a* prêté *aux crimes et aux péchés des
ommes en créant l'âme libre de l'homme? Est-ce
u'il a* prêté *au mal que les hommes peuvent
aire, en leur donnant tout ce dont ils abusent,
n leur mettant sa magnifique et calme et bonne
réation, sous leurs mains, sous leurs pieds, dans
eurs bras?... Allez, j'ai connu des imaginations
i déréglées et si charnelles qu'elles sentaient le
ouet de feu du désir en regardant les cils baissés
les Vierges de Raphaël. Fallait-il que Raphaël*

s'arrêtât pour éviter ce danger et qu'il jetât au feu sa Vierge d'Albe, sa Vierge à la Chaise, et tous ses chefs-d'œuvre de pureté, apothéoses vingt fois recommencées de la Virginité humaine? A certaines gens, tout n'est-il pas achoppement, occasion de chute?... L'Art doit-il expirer vaincu par des considérations à hauteur d'appui pour toutes les défaillances? Doit-on le remplacer par un système préventif de haute prudence qui ne permette rien de tout ce qui peut être dangereux, c'est-à-dire, en définitive, rien de rien?

L'artiste crée, en reproduisant les choses que Dieu a faites et que l'homme fausse et bouleverse. Quand il les a reproduites exactement, lumineusement, il a, cela est certain, comme artiste, toute la moralité qu'il doit avoir. Si on a l'esprit juste et pénétrant, on peut toujours tirer de son œuvre, désintéressée de tout ce qui n'est pas la vérité, l'enseignement, parfois contenu, qu'elle enveloppe. Je sais bien qu'on sera quelquefois obligé de creuser avant, mais les artistes écrivent pour leurs pairs, ou du moins pour ceux qui les comprennent. Et d'ailleurs, est-ce un crime que la profondeur?... Assurément la sagesse catholique est plus vaste, plus ronde, plus franche et plus robuste que ne l'imaginent Messieurs les Moralistes de la Libre Pensée. Qu'ils demandent aux Jésuites, à ces étonnants politiques du cœur

humain, qui entendaient si grandement la morale, qui la voyaient de si haut, quand au contraire les Jansénistes la rapetissaient et la
voyaient de si bas, la rendaient si étroite, si bête
et si dure! Qu'ils interrogent un de ces Casuistes
à l'esprit de discernement et de soulagement,
comme l'Église en a tant produit, surtout en
Italie, et ils apprendront, puisqu'ils l'ignorent,
qu'aucune prescription ne nous arrache des mains
la passion dont le roman écrit l'histoire et que
le Catholicisme étroit, chagrin et scrupuleux,
qu'ils inventent contre nous, n'est pas celui-là
qui fut toujours la Civilisation du monde, aussi
bien dans l'ordre de la pensée que dans l'ordre
de la moralité!

Et ceci n'est point une théorie inventée à plaisir
pour les besoins d'une cause, c'est l'esprit même
du Catholicisme. L'auteur d'UNE VIEILLE
MAITRESSE demande à être jugé à cette lumière. Le Catholicisme est la science du Bien
et du Mal. Il sonde les reins et les cœurs, deux
cloaques, remplis, comme tous les cloaques, d'un
phosphore incendiaire; il regarde dans l'âme :
c'est ce que l'auteur d'UNE VIEILLE MAI-
TRESSE a fait. Ce qu'il a montré, s'y trouve-
t-il?... Il a dit la passion et ses fautes, mais en
a-t-il fait l'apothéose?... Il a dit sa puissance,
ses encharmements, l'espèce de barre qu'elle met
dans notre libre arbitre, comme dans un écusson

faussé. Il n'a étriqué ni la passion, ni le Catholicisme, tout en les peignant. Ou UNE VIEILLE MAITRESSE doit être absoute de ce qu'elle est, quoi qu'elle soit, ou il faut renoncer à cette chose qui s'appelle le roman. Ou il faut renoncer à peindre le cœur humain, ou il faut le peindre tel qu'il est.

Il n'y a que Messieurs de la Libre Pensée, si dévoués aux intérêts sociaux comme on sait, qui aient pu trouver une VIEILLE MAITRESSE subversive. Elle! Mais l'auteur, en racontant cette triste histoire, aurait pu être impassible et il ne l'a pas été! Il a condamné Marigny, le mari coupable! il lui a donné des remords et même des hontes! il l'a fait se confesser à sa grand'mère et se condamner lui-même. Mais sa femme, à qui Marigny finit par demander pardon, ne lui pardonne pas! Aucun romancier n'a été plus que l'auteur d'UNE VIEILLE MAI-TRESSE le Torquemada de ses héros. Subversif, son livre! mais n'y a-t-il plus à peindre, sous peine de mettre tout en péril, que des Grandissons?... Oui, la passion est révolutionnaire, mais c'est parce qu'elle l'est, qu'il importe de la montrer dans toute son étrange et abominable gloire. C'est, au point de vue de l'Ordre, une bonne histoire à écrire que l'histoire des Révolutions.

Voilà ce que nous avions à dire à Messieurs

de la Libre Pensée! Finissons par un mot de leur Maître. Il est de viles décences, disait Rousseau.

Le Catholicisme ne les connaît pas.

1er octobre 1865.

J. B. d'A...

UNE
VIEILLE MAITRESSE

PREMIÈRE PARTIE.

I

Un thé de douairières.

NE nuit de février 183... le vent
sifflait et jetait la pluie contre les
vitres d'un appartement, situé rue
de Varenne, et meublé avec toutes
les mignardes élégances de ce temps
d'égoïsme sans grandeur. Cet appartement, boudoir dessiné en forme de tente, était gris de
lin et rose pâle, et il était aussi chaud, aussi

odorant, aussi ouaté que l'intérieur d'un man-
chon.

C'était le boudoir d'une femme qui n'avait
jamais boudé infiniment, mais qui ne boudait
plus du tout, de la vieille marquise de Flers.

Une petite table en laque de Chine, couverte
de porcelaines du Japon, était placée devant
un large feu qui achevait de se consumer en
braise ardente. La théière ouverte attendait
l'infusion parfumée. La bouilloire d'argent bruis-
sait..., rêveur murmure qu'a chanté Wordsworth,
le lakiste, quoique ce ne fût pas le bruit d'un lac.

Aux deux angles de la cheminée, dans de
grands fauteuils de velours violet, deux femmes,
vieilles toutes deux, au front carré, encadré de
cheveux gris lissés, l'air patricien, physionomie
de plus en plus rare, causaient peut-être depuis
longtemps. Elles ne travaillaient pas ; elles
étaient oisives ; mais le *rien-faire* sied à la
vieillesse, surtout quand elle a cette dignité.
Entre ces deux nobles et antiques cariatides,
entre ces vieilles aux mains luisantes et polies
comme la porcelaine dans laquelle elles allaient
boire leur thé, il y avait, capricieusement assise
sur un coussin de divan, à leurs pieds, une
jeune fille dont le profil, éclairé par l'écarlate
reflet de la braise, ressemblait à la belle mé-
daille grecque qui représente Syracuse, non sur
du bronze alors, mais sur un fond d'or en-

flammé. Elle avait travaillé tout le soir en silence. Mais la soirée s'avançant toujours, fatiguée de son éternelle tapisserie, elle l'avait laissé rouler de ses mains avec une nonchalance douloureuse. Puis elle s'était levée, avait pris la bouilloire au foyer, et s'était mise à verser l'eau fumante sur les feuilles qui devaient l'ambrer doucement de leurs parfums.

Cette belle tête pâle, les cils baissés, le front grossi par l'attente, les sourcils froncés, la bouche sérieuse, aperçue à travers la vapeur qui s'élevait de la théière, était d'une beauté presque aussi grandiose et aussi tragique que celle d'une magicienne, composant un philtre.

Hélas! de philtre, elle n'en composait pas... mais elle en avait bu un qui lui semblait amer à cette heure, et qui donnait à son visage la cruelle expression qui l'animait.

« Il ne viendra pas, mon enfant, dit une des vieilles, la marquise de Flers, voici qu'il est minuit, et il avait promis d'être ici à dix heures. Il aura été retenu à son cercle par ses amis.

— Peut-être va-t-il venir encore, répondit la jeune fille d'un ton désespéré, mais au fond duquel il y avait comme une prière que sa grand'mère entendit.

— Non, il ne viendra pas, reprit la marquise d'un ton absolu, mais sans dureté. Et quand il viendrait, ma chère Hermangarde, je ne veux

pas qu'il te trouve ici maintenant. Il sait qu'à
minuit tu rentres chez toi quand je ne reçois
pas. En te voyant, il s'imaginerait que tu l'as
attendu. Il croirait qu'il bouleverse tes habitudes. Vraiment ce serait trop tôt déjà ! L'amour
le plus sincère n'est pas exempt de fatuité.
Souhaite le bonsoir à Mme d'Artelles, et va fer-
mer ces grands yeux bleus auxquels je défends
de pleurer.

— Votre grand'mère a raison, ma chère Hermangarde, » dit la comtesse d'Artelles à son tour
avec une gravité froide qui tranchait sur le ton
aimable de Mme de Flers.

Écrasée par la double opinion de ces deux
vénérables Sagesses, Hermangarde obéit sans
répondre. Quelque Parisienne que l'on soit,
quand on est très-bien élevée, on a une petite
obéissance dont le silence est presque romain.
C'est l'avantage des filles comme il faut sur les
filles qui ne le sont pas. Les enfants trop aimés
des bourgeois murmurent toujours. D'ailleurs,
Hermangarde était digne de son nom carlo-
vingien. Elle était fière ; fière et tendre, combinaison funeste ! Les grandes choses manquant
à leur vie, les jeunes filles ne peuvent marquer
leur fierté que dans les détails. Hermangarde
ne demanda donc point qu'on eût pitié d'une
attente trompée en lui permettant de la prolonger. Si sa grand'mère avait été seule, peut-

être aurait-elle insisté ; mais Mme d'Artelles était
là. Elle ramassa lentement sa tapisserie, la plia
plus lentement encore, sonna sa femme de
chambre d'un bras paresseux. Elle gagnait du
temps à être lente, mais le temps inexorable
devait passer... passer en vain. Elle embrassa
Mme d'Artelles, puis sa grand'mère, qui lui prit
les tempes par-dessus ses bandeaux dorés, en
lui disant avec une gaieté qui était aussi une
mélancolie :

« Repose en paix, ma pauvre fille ; tu as pour
toute ressource de le bien bouder demain.

— C'est une ressource dont elle n'usera pas,
dit la comtesse quand la jeune fille fut partie.
Elle l'aime, hélas ! bien trop pour cela. Réellement, je suis effrayée de cet amour, ma chère
marquise. Il est trop violent.

— C'est de l'effroi de trop, comtesse, répliqua
la marquise. Quel danger y a-t-il à aimer
bien fort l'homme qu'on doit épouser dans un
mois ?

— Eh, eh ! dit la comtesse, il y a toujours
du danger à aimer un homme. Nous ne sommes
pas vieilles pour rien, ma chère, et vous devriez
savoir cela. L'amour, n'importe pour qui, est un
jeu terrible, mais c'est presque une partie perdue
quand l'homme qui l'inspire ne présente pas
plus de garanties de caractère que votre futur
petit-fils.

— Vous lui en voulez donc beaucoup ? répondit la marquise avec un reproche moqueur.

— A lui, ma chère ? dit la comtesse. Non certes, ce n'est pas à lui que j'en veux ! Mais lui, il fait son métier d'homme. Il joue sa comédie de sentiment ; il flatte, il rampe, il éblouit, il fascine. On s'y prend ; les jeunes filles et même les mères. Seulement les grand'mères ne devraient-elles pas un peu se sauver de la séduction universelle ?

— Il paraît donc que je suis plus jeune que mon âge, dit Mme de Flers avec son imperturbable bonne humeur, car j'ai été prise comme les autres, et tellement prise, ma très-chère belle, que toutes vos prétentions sinistres n'ont pas pouvoir de m'effrayer.

— Quoi ! répondit Mme d'Artelles en montant sa voix d'une octave, à la veille de marier cette chère enfant, vous n'éprouvez pas la moindre anxiété, le moindre trouble !

— Je n'ai jamais été plus calme, répondit Mme de Flers, majestueuse d'ironie.

— Alors, ma chère, s'écria Mme d'Artelles confondue, vous avez la tête encore plus perdue qu'Hermangarde !

— N'est-ce pas ? dit en riant doucement la marquise. Tenez, prenez une tasse de thé, ma chère. » Et l'aimable femme allongea sa main restée belle au bout d'un bras qui avait été beau, inclina la théière, et versa le breuvage musqué dans la tasse de son amie, comme pour lui faire digérer ce qu'évidemment elle ne digérait pas, le mariage de la petite-fille et le calme de la grand'mère !

« Oui, vous avez la tête encore plus perdue qu'Hermangarde, reprit la comtesse, tenant à justifier jusqu'au bout ses étonnements et ses craintes, car vous êtes du monde, et d'ordinaire vous en écoutez mieux la voix. Or le monde a sur le mari de votre petite-fille les opinions les plus tranchées, les plus répandues et malheureusement les moins flatteuses. On dit que c'est un joueur qui a jeté aux quatre vents du ciel et des tapis verts tout ce qu'il avait, si jamais il a eu quelque chose. C'est un homme qui a toujours vécu comme un aventurier et qui s'en vante ! C'est enfin un libertin effréné qui a compromis une foule de femmes dont vous savez les noms aussi bien que moi, ma chère. Ai-je besoin de vous défiler ce chapelet ?

— Oui, défilez ! défilez ! interrompit la marquise. Ce sera plus gai que toutes vos moralités. On irait plus souvent au sermon si on y disait les noms propres.

— Je ne sermonne point, ma chère. Pourquoi cette légèreté et cette injustice ? dit Mᵐᵉ d'Artelles sans fâcherie, mais tenant sa gravité et ne voulant pas s'en départir ; pourquoi ser-

monnerais-je? Je ne suis pas dévote. Jeune, je
n'étais pas prude; vieille, je ne me soucie pas
d'être pédante. J'ai vécu à peu près comme
vous, moins le bonheur dans le mariage que
vous avez eu et que j'ai manqué. A cela près,
nous avons appris la vie des mêmes maîtres.
Nous avons vu le même monde. Nous avions
les mêmes goûts et presque les mêmes sentiments. Cette fabuleuse chimère d'une amitié
entre femmes et d'une amitié qui dure quarante ans en se voyant tous les jours, n'est-elle
pas la preuve que nous différons de bien peu
et que nos jugements sur toutes choses doivent
infiniment se ressembler? Ne puis-je donc m'é-
tonner, chère amie, si, dans une grande occasion
comme celle du mariage d'Hermangarde, nos
manières de voir sur l'homme qu'elle épouse
sont diamétralement opposées; et au nom de
notre amitié, au nom de l'intérêt de la petite, ne
puis-je m'en affliger? Ne puis-je en parler sans
avoir l'air de faire un sermon?...

— Ma chère comtesse, me voici sérieuse,
dit la marquise de Flers émue, en tendant la
main à son amie. N'imputez jamais à mon cœur
les péchés de mon esprit.

— Ils ne sont pas mortels, reprit gracieusement son amie, en pressant cette main tendue
vers elle avec le mouvement d'une sensibilité
charmante et sauvée du temps. Laissez-moi

donc vous dire mes craintes, dussent-elles ne pas avoir le sens commun. Tout le temps que je les aurai, je penserai qu'un mariage qui n'est pas encore fait peut se défaire, et je vous tourmenterai un peu. »

Il y eut un moment de silence.

« Si vous n'avez, dit gravement la marquise en replaçant sa soucoupe sur le plateau, que les bruits du monde à opposer à l'amour d'Hermangarde et à son mariage, permettez-moi de vous dire que ces bruits malveillants ont peu d'influence sur une femme qui a passé toute sa vie à voir des choses parfaitement opposées à ce qu'elles étaient en réalité, et qui a connu Mirabeau, lequel disait, du haut de la tribune de son égoïsme, que *les grandes réputations sont fondées sur de grandes calomnies,* car il aurait pu ajouter que les petites l'étaient aussi.

— Je n'ai pas que cela, fit Mme d'Artelles.

— Eh bien ! qu'avez-vous de plus, chère amie ? des faits positifs ?... Voyons-les ! Quoi ! mon petit-fils de choix est un affreux M. Lovelace parce qu'il a eu quelques femmes qui vont à la messe à Saint-Thomas-d'Aquin, avec un paroissien de velours, fermé d'or. Mais nous sommes du temps de Laclos, ma chère belle, et nous appartenons à une époque où ces choses-là se pardonnaient très-bien ! Soyons justes, si nous ne sommes pas indulgentes. La jeunesse que

nous avons connue et... aimée faisait bien pis
que les jeunes gens d'à présent. Et cependant
nous ne sommes pas restées vieilles filles. Nos
mères ont eu la bravoure de nous marier à ces
abominables mauvais sujets, et nous avons eu
le hasard effronté de n'être pas trop malheureuses !

— Ne parlez que de vous, dit Mme d'Artelles.
Vous avez eu l'extrême bonheur d'aimer et
d'être aimée. Vous aviez asservi complétement
le marquis de Flers ; il vous aurait sacrifié ses
maîtresses s'il n'avait pas fallu... les reprendre
pour vous les sacrifier. Quand il se souvenait
d'elles, c'était pour se féliciter de n'appartenir
qu'à vous. Vous l'aviez ensorcelé.

— Eh bien ! dit la marquise, s'épanouissant
à cet éloge et à ce souvenir, et souriant avec
un double orgueil, l'orgueil de la femme et
l'orgueil de la mère, Hermangarde est encore
plus belle que je ne l'étais, et elle ensorcellera
son mari !

— Croyez-vous ? fit Mme d'Artelles avec une
tristesse douce et profonde, la tristesse d'un
scepticisme sans espoir ; est-ce qu'il est, votre
futur beau-petit-fils, de ces têtes-là qu'on ensor-
celle ! Je l'ai beaucoup vu chez vous et dans le
monde. Je l'ai beaucoup étudié. Vous m'avez
parfois trouvée pénétrante, mais je ne crois pas
qu'un pareil homme puisse porter le poids

d'une domination quelconque, si allégé qu'il soit par l'amour. Il a des facultés d'esprit fort étendues, c'est incontestable ; mais, né pour le commandement, il porte, dans toutes les relations de la vie, une ambition d'influence qui le rend peu propre à en subir une. Ses passions sont des passions de maître. Voyez comme, malgré son amabilité trop charmante pour n'être pas jouée, il opprime déjà Hermangarde ! comme, avec un froncement de sourcils, il la fait obéir et trembler ! Et pourtant Hermangarde est un caractère fier et résolu ! Cela m'a bien souvent révoltée. Ses manéges ne m'en imposent point. Il passe pour très-éloquent auprès des femmes. Il les magnétise avec des flatteries adorables ou des impertinences qu'il a l'art de doubler de tendresses. Il a des paroles obscures et chatoyantes qui font rêver. Mais toute cette éloquence, tous ces entortillements de serpent câlin aux pieds des femmes ne sont que l'expression de son orgueil et de son mépris pour nous. Il veut dominer, despotiser les âmes, et trouver dans les relations de l'amour une influence que les hommes qu'il blesse lui contestent, et que les circonstances ne lui ont pas donnée sur eux. Avec les hommes, il n'a pas toutes ces coquetteries. Il ne cache pas la conscience qu'il a de lui-même, et par là il les offense, même sans y penser. Mais avec nous son orgueil est bien plus à l'aise, car il est reçu par la vanité des hommes qu'on ne s'abaisse jamais devant nous. Il fait donc avec nous ce qu'il est trop fier pour faire avec ses semblables, et tout cela, marquise, bien moins pour trouver ce que nous pouvons donner, le bonheur dans la tendresse, que pour conquérir un pouvoir. »

Mme d'Artelles était d'un temps où les gens du monde aimaient à tracer des portraits. Elle venait d'en faire un. Mme de Flers, qui allait porter sa tasse de thé à ses lèvres, la replaça sur le plateau.

« Vertu de femme ! comme vous y allez ! dit-elle. Mais c'est là un portrait de sombre fantaisie, et vous m'aviez promis des faits positifs !

— Des faits positifs ! dit l'intrépide comtesse que rien n'embarrassait, que rien ne désarmait. Je ne demande pas mieux que de vous en donner, des faits positifs ! pour vous convaincre du danger qu'il y a de marier Hermangarde à cet homme faux et détestable. Je ne les sais que d'hier, et je vais vous les dire aujourd'hui. Malheureusement les choses sont bien avancées, mais on a vu casser des mariages encore plus près de la conclusion. Quand je dis qu'il est faux, votre beau fiancé, je ne crois pas que son amour pour Hermangarde soit précisément une tartufferie. Non, je le crois fort amoureux, au contraire, de ses radieux dix-neuf ans. Mais je dis qu'il est comme tous les êtres vulgaires de cœur et grossiers de sens, qui prennent la passion pour de l'amour. Au moment où il joue à Hermangarde de ces airs de dévouement et de tendresse dont nous sommes toutes dupes de mère en fille, il a une maîtresse, ma chère marquise, une maîtresse chez laquelle il va passer tous ses soirs, non pas mystérieusement, mais au su de toute la ville et sans manteau couleur de muraille. Il ne prend même pas la peine de se cacher ! Probablement il y est ce soir encore, au lieu d'être ici où il avait promis de venir et où Hermangarde l'attendait. »

La marquise de Flers avait repris sa tasse de thé pendant que Mme d'Artelles faisait sa Catilinaire. Elle la but, et avec un demi-sourire où l'indulgence et la malice se fondaient :

« Ah ! dit-elle en se ravisant, c'est Mme de Mendoze.

— Eh non, ma chère, non, ce n'est pas Mme de Mendoze ! dit à son tour et très-vivement Mme d'Artelles.

— Alors, c'est Mme de Solcy, reprit la pétulante marquise.

— Ni l'une ni l'autre, fit Mme d'Artelles, est-ce que vous m'allez nommer tout le faubourg Saint-Germain ? Vous êtes plus mauvaise langue que moi, ma chère. Je sais que les haïssables succès de M. de Marigny ont été nombreux.

Mme de Solcy, Mme de Mendoze et malheureusement beaucoup d'autres ont fait mille folies
pour lui, et ce n'est pas une raison pour qu'il
ne les voie plus dans les salons de Paris ou
même chez elles. L'amour, dans une société de
gens bien élevés, ne doit pas emporter toutes
les relations de la vie. Mais la maîtresse actuelle de M. de Marigny n'est pas une femme
comme il faut. C'est une créature qu'il a depuis
dix ans; qu'il a peut-être toujours eue. Quand
la société de Paris parlait de ses liaisons avec
Mmes de Mendoze et de Solcy, quand les dé-
votes criaient au scandale, M. de Marigny
mentait impudemment à ces femmes qui ne
craignaient pas de se compromettre pour ses
beaux yeux. Elles étaient, ma chère belle, dans
la position où Hermangarde va se trouver, mais
avec le mariage en sus.

— Comment savez-vous cela? dit la vieille
marquise, entassant les rides sur son front devenu songeur.

— Je l'ai su, reprit la comtesse, par le vieux
vicomte de Prosny. C'est un vieux lynx. Il est
très-fin et très-madré. Il est un peu de ces
vieillards qui eussent regardé Suzanne au bain
par le trou de la serrure; mais s'il menait la
vie d'un sage, nous ne saurions rien de tout ce
qu'il nous faut savoir. Le vicomte connaît la
donzelle. Il va chez elle, ou il y allait autrefois.

Il vous donnera, si vous le voulez, les détails les plus circonstanciés sur cette *liaison* qui me paraît assez ignoble.

— Dix ans! répondit Mme de Flers. Les mariages persans n'en durent que sept; et, en Italie, les sigisbées qui fêtent parfois des cinquantaines, sont d'assez minces possesseurs. Ils sont la petite monnaie de cet imbécile de Pétrarque. Mais dix ans de possession intégrale à laquelle la loi n'oblige pas, ajouta-t-elle avec un reflet tiède du XVIIIe siècle dans les idées, voilà quelque chose de singulier en plein Paris! Malpeste! il faut que cette femme soit bien belle ou terriblement habile pour ramener des bras de toutes les autres femmes un homme comme M. de Marigny.

— Eh bien! pas du tout! fit Mme d'Artelles qui tenait à verser sa goutte d'acide prussique dans toutes les pensées de son amie, le vicomte la dit assez laide, d'un caractère fort extravagant, et plus âgée que M. de Marigny, qui a trente ans.

— Hein! ce ne sont pas là des séductions bien omnipotentes, dit la marquise. Mais votre vieux scélérat de vicomte n'a vu cette femme que dans son salon... a-t-elle un salon? et Marigny l'a vue ailleurs. Cela change la thèse. Les meilleures actrices ne sont bonnes que dans certaines pièces. Moi, je fais ce raisonnement-

ci, ma chère : ou c'est une ancienne relation
craquant de toutes parts depuis le temps qu'elle
dure, et alors Hermangarde rompra ce nœud
tiraillé et usé, en se jouant ; ou la créature est
à craindre, et alors, si elle l'est, elle l'est beaucoup ; car Marigny a trop expérimenté les
femmes pour ne pas les savoir à fond ; et, laide
ou non, ce serait donc le résumé de toutes les
séductions des autres, puisqu'on les quitte pour
revenir à elle ; enfin une espèce de maîtresse-
sérail. »

Le mot était hardi, et le geste qui l'accom-
pagna ne le fut pas moins. La marquise, née
en 1760, et qui avait traversé toutes les corrup-
tions de Trianon, de l'Émigration et de l'Empire, savait, quand il le fallait, sauter le bâton
d'un mot vif. Elle avait eu la jambe leste, il
lui restait l'esprit leste, un esprit avec lequel,
dans sa jeunesse, le prince de Ligne avait pe-
lotté. Il eût dit d'elle avec ces consonnances
qu'il recherchait comme une audace négligée :
« Elle avait l'esprit brillant et coupant comme
le diamant, et attirant comme l'aimant ; et rien
n'était si provoquant ni si charmant, et ni, au
fond, si bon enfant ! » Très-spirituelle donc,
comme on l'était encore en 1783 et comme on
allait cesser de l'être, elle avait plus duré que
son époque. Sa grâce était de si bonne trempe
qu'elle avait résisté au mauvais ton de l'Em-

pire. La société de la Restauration, cette société
digne d'être anglaise, tant elle fut hypocrite,
dut avoir horreur du haut goût de l'esprit de
Mme la marquise de Flers. A l'heure qu'il est,
au faubourg Saint-Germain, ne prend-on pas
pour du bon ton l'extrême pruderie en toutes
choses, et ne réalise-t-on pas un idéal de société
à faire mourir d'ennui dans leurs cadres les
portraits de famille qui, heureusement, n'en-
tendent plus? L'abâtardissement des races s'est
surtout marqué en France dans l'esprit de
conversation. Ce volatil parfum s'est évaporé.
Au moment où s'ouvre cette histoire, il fallait
la souveraine aisance de la marquise de Flers
pour sauver de l'outrageante condamnation des
prudes un reste de cet esprit fringant, élancé
et vraiment français, la plus jolie gloire de nos
ancêtres.

« Dans le premier cas, reprit la marquise, ça
regarderait Hermangarde. Ce serait l'affaire
d'une lune de miel. Nulle femme n'épouse
d'ange. Les plus sots même, quand ils se ma-
rient, ont la vanité de planter là quelque
Ariane dont ils offrent l'abandon à leur femme
comme un cadeau qui complète bien la corbeille. Marigny n'a pas besoin, lui, d'offrir une
femme sacrifiée à l'amour d'Hermangarde pour
le faire flamber mieux. Et d'ailleurs il est trop
distingué (vous diriez orgueilleux, vous !) pour

employer cette petite rouerie. Seulement, si,
comme une foule d'hommes restés longtemps
garçons, il a des habitudes d'intimité déjà
anciennes, il les perdra très-aisément au sein
d'un bonheur plus neuf et plus enivrant. Mais
dans le second cas... »

Elle s'arrêta, se mirant dans le saphir de son
petit doigt et réfléchissant.

« Eh bien ! dans le second cas ?... interrogea
Mme d'Artelles.

— Ah ! ce serait tout autre chose, reprit la
marquise. Je partagerais vos inquiétudes. J'aurais là du fil à retordre. Mais, Dieu aidant, et
vous aussi, ma chère belle, je le retordrais ! »

II

I promessi sposi.

ES deux douairières veillèrent long-
temps cette nuit-là. Le coupé de
la comtesse d'Artelles ne la rem-
porta que fort tard. M. de Marigny ne vint pas troubler par sa
présence un tête-à-tête si plein de lui. Quelquefois il revenait après le spectacle à l'hôtel
de Flers où, quand il n'y avait personne, il était
toujours sûr de trouver la marquise debout,
éveillée et prenant du thé; car, malgré son
grand âge, la marquise aimait à veiller comme
une femme du XVIIIe siècle. Elle avait lu Mon-
taigne. Elle disait que veiller allongeait les
offices de la vie. Pour elle, comme pour toutes
les femmes de sa génération, corps de fer forgés
au feu du plaisir, et qui ne connaissaient ni
gastrites, ni inflammations d'entrailles, maux
consacrés d'une époque à prétentions intellec-

tuelles, les lits n'étaient pas faits pour les vieillards. En ne gagnant le sien qu'à la dernière
extrémité, elle honorait avec une touchante
superstition les souvenirs de sa jeunesse.

Après le départ de son amie, elle resta longtemps dans le boudoir solitaire, assise au coin
du feu assoupi, tournant dans ses doigts effilés
sa tabatière d'écaille ; mouvement inquiet et
trahissant en elle les plus grandes préoccupa-
tions. Ce que venait de lui confier Mme d'Artelles s'étendait sur sa pensée et l'assombrissait.
Elle avait pour Hermangarde une vraie passion
de grand'mère, et voilà que, s'il fallait ajouter
foi aux paroles de son amie, le bonheur de sa
chère enfant était menacé. Elle estimait beaucoup Mme d'Artelles, presque aussi âgée qu'elle,
plus froide, plus raisonnable dans le sens du
monde, non dans le sens de la vérité. De ces
deux femmes, en effet, la marquise était, au
fond, la plus distinguée, mais le meilleur de sa
supériorité empêchait qu'on ne la reconnût.
Pour beaucoup de gens, pour la comtesse elle-
même, la marquise était victime de sa grâce
riante. Parce qu'on lui voyait l'esprit léger on
lui croyait toute la tête légère ; mais, sous les
frivoles surfaces, comme sous les grains du
rouge qu'elle mettait à vingt ans, circulait la
vie, il y avait la réflexion qui voit juste et la
sagacité qui voit clair. C'était une femme de

sens, qui avait eu des sens, mais qui n'avait jamais eu plus d'imagination qu'une Française, c'est-à-dire que la femme de l'Europe et du globe qui entend le mieux les adorables calculs de l'amour et le ménage de son bonheur. Cette poésie des sens, dans une créature divinement jolie et riche, qui pouvait, quand il lui plaisait, comme une des princesses de Brantôme, recevoir son amant dans des draps de satin noir, avait suppléé, dès sa jeunesse, à cette imagination absente et qui eût peut-être compromis sa vie. Sa renommée était restée saine et sauve. Malgré de nombreuses fantaisies dont personne ne sut le chiffre exact, elle avait marché avec une précaution et une habileté si félines sur l'extrémité de ces choses qui tachent les pattes veloutées des femmes, qu'elle passa pour Hermine de fait et de nom. Elle s'appelait Hermine d'Ast, marquise de Flers. Pour obtenir ce résultat, elle n'avait ni dit de faussetés ni fait de bassesses. Elle n'avait point joué le rôle odieux d'une madame Tartuffe qui met le crucifix dans son alcôve. Non, elle usa d'un tact merveilleux qu'une femme dans Paris a seule égalé, mais non surpassé. Ce fut là son unique hypocrisie. Aussi l'histoire de sa jeunesse est-elle un magnifique fragment d'une *Imitation* qu'il serait bon de donner, dans l'état actuel de nos mœurs, à méditer aux jeunes personnes.

Tout le monde y gagnerait, même les maris.

Le sien, le marquis de Flers, écuyer caval-
cadour de Marie-Antoinette et très-lancé dans
la coterie des Polignac, l'avait épousée à sa
sortie du couvent. Lui qui par l'âge eût été
son père et qui semblait devoir être invulnérable
à tous les enchantements possibles, puisqu'il
avait bu à la coupe de la Circé du temps, la
comtesse Jules, cette reine de la Reine, aima,
jusqu'à l'adoration, une enfant élevée aux Ur-
sulines. Sortie de son parloir à quatorze ans,
traînant sa poupée par la manche, et regrettant
sa récréation pour aller à l'autel et à la cour,
cette folle fillette s'improvisa femme du matin
au soir, ou peut-être du soir au matin, et, tout
le temps qu'il vécut, elle asservit le marquis
à ses caprices. Elle qui sentait sa force, la
voila. L'aima-t-elle? il le crut et jamais illusion plus savante ne fut plus complète. Elle le
traita comme ce féroce enfant athénien traita
son moineau. Elle lui creva les yeux... mais
sans lui faire le moindre mal, afin qu'il ne la
vît pas se servir des siens. Elle trompa son
mari comme on trompe un amant, en se donnant une peine du diable. Aussi l'écuyer caval-
cadour, homme d'esprit pourtant, mourut-il dans
son bonheur conjugal, comme le roi de Bohême
aveugle à la bataille de Crécy.

La Révolution éclatant la trouva déjà partie.

Son mari fut massacré au 10 août. Mais comme
elle avait sauvé sa réputation de la langue des
bourreaux de salon, elle déroba une tête charmante à laquelle elle tenait davantage encore,
à la faucille qui scia plus tard les cous les plus
ronds et les cheveux les plus dorés de la mo-
narchie. Elle avait une fille, d'ailleurs, qu'elle
allait élever dans l'exil. Du moins aux rigueurs
de la condition des proscrits ne s'ajouta point
la misère. Elle avait emporté dans un petit
portefeuille semé de perles fines, et sur lequel
elle écrivait le nombre de *polonaises* qu'elle avait
à danser dans les bals, une fortune mobilière
considérable. Elle vécut à Trieste, à Venise, à
Vienne, de manière à rappeler sa maison du
faubourg Saint-Germain. Ce fameux abbé de
Percy, Normand comme elle, le dernier des-
cendant mâle des Percy, en France, dont la
laideur et l'esprit furent si célèbres à Londres
dans la *high life* pendant l'émigration, cet admirable abbé qui avait dans l'esprit l'éperon
brûlant de son parent Hotspur et sur sa face
la lampe allumée de Falstaff, racontait, dans
ses derniers jours, l'avoir rencontrée, en 94,
chez son cousin le duc de Northumberland, et
si charmante, même pour ces Anglais, qu'ils la
préféraient à la chasse au renard. Assez habile
pour n'avoir point besoin d'être heureuse, elle
fut heureuse comme si elle n'avait point besoin

d'être habile. Les intendants d'alors étaient des fripons (voir toutes les comédies du temps); par hasard, le sien fut un honnête homme. Il acheta, avec les assignats, toutes les propriétés des de Flers, et les rendit très-noblement à la marquise, quand elle revint de l'émigration. A dater de ce retour, elle ne quitta jamais Paris que pour aller aux eaux ou dans ses terres de Normandie, prétendant « qu'elle avait assez voyagé comme cela. » Sa fille, qu'elle aimait sans doute, mais qui ne lui plaisait pas, cette chose importante pour que les affections soient profondes, avait épousé un des descendants des Polastron. Comme les Larochejacquelein et les Crillon, Armand de Polastron avait d'abord refusé, par honneur monarchique, de servir Bonaparte. Il y fut bientôt forcé par cet Italien du XVIe siècle, dont la politique et le dépit retournaient contre les mères outragées le noble refus des enfants. Armand se fit tuer, au premier feu, en vrai gentilhomme, qui oublie tout, devant l'ennemi. Il laissa sa jeune femme enceinte. Marie-Antoinette de Flers, vicomtesse de Polastron, blonde et jolie comme sa mère, moins la vie, moins cette flamme allumée aux candélabres de la cour de France et qui ne brilla plus après 1800, brisée de la mort de son mari, mourut en accouchant d'Hermangarde. C'était la première peine qui entrât au cœur de la marquise.

Mais comme ces dards, qui fixent aux flancs
entr'ouverts du taureau une banderolle de
pourpre, en y entrant, elle y mit un amour
superbe, — l'amour de la grand'mère pour l'enfant resté orphelin.

Sa première communion faite au Sacré-
Cœur, sa petite-fille ne la quitta plus. Elle fut
élevée à côté d'elle en héritière de 80,000 livres
de rentes. Éducation qui consista surtout à
vivre dans le rayonnement de cette marquise
demeurée si grande dame, quand il n'y a plus
que des naines comme il faut dans notre société nivelée et décapitée de toute grandeur.
Hermangarde apprit plus en voyant les dernières années de sa grand'mère qu'en passant
par toutes les filières des éducations fortes,
comme on dit si plaisamment maintenant, et
qui ne sont que les infirmeries de la médio-
crité. Femme de haute origine, Mme de Flers
avait l'instinct mystérieux des races. Elle savait
que tout ce qui est supérieur s'élève de soi
vers le grand et le beau, en vertu d'une force
latente, d'une gravitation secrète, comme les
plantes qui n'ont pas besoin qu'on casse leurs
tiges pour se retourner vers le soleil. Aussi, la
religion exceptée, qui s'excepte de toutes les
choses humaines, la marquise avait-elle appli-
qué un système hardi de *laisser faire, laisser
passer,* à toutes les impulsions d'Hermangarde,

et ces impulsions s'étaient produites comme
les feuillages, les fruits et les fleurs, dans un
oranger d'Albenga, poussé en pleine liberté de
terre et de ciel. Belle à rendre amoureux tous
les peintres, Mlle de Polastron avait une âme
à rendre tous les moralistes fous. Sa grand'.
mère put la gâter impunément, et elle n'y
manqua pas. Mais en regardant comme des
lois éternelles les instincts délicats et fiers de
sa petite-fille, la vieille marquise de Flers
montra encore plus d'intelligence que de tendresse.

C'était une nature sérieuse et contenue que
Mlle Hermangarde de Polastron. Elle n'avait
pas, elle n'aurait jamais eu l'ardeur d'enjoue-
ment, le charme osé et vainqueur qui avait
fait de son aïeule l'étoile la plus étincelante
des *Nocturnales* de Versailles. Hermangarde,
la chaste Hermangarde, avait une puissance
bien moins conquérante et généralement bien
moins sentie que celle de la marquise de Flers,
de cette éclatante blonde, piquante comme une
brune, qui pouvait porter des deltas de ruban
ponceau à ses corsets, sans tuer son teint et
ses yeux, et qui se coiffait en Érigone aux
soupers de la comtesse de Polignac. Seulement, pour ceux qui la comprenaient, cette
puissance, Hermangarde, elle! était bien autrement souveraine. C'était le charme qui rend

le plus esclave et que la nature attacha à
toutes les choses profondes qu'il faudrait dé-
chirer pour voir. Sa beauté était plus royale
encore que n'avait été celle de sa grand'mère.
Mais l'idéalité de ses mouvements, de son
sourire, de ses yeux baissés, aurait été mécon-
nue au XVIII° siècle. Blonde aussi, comme
toutes les de Flers, mais d'un blond d'or
fluide, elle avait un teint pétri de lait et de
lumière pour lequel toutes les boîtes de rouge,
inventées à cette époque de mensonge, auraient
été d'affreuses souillures. Dieu seul était assez
grand coloriste pour étendre un vermillon sur
cette blancheur, pour y broyer la rougeur sainte
de la pudeur et de l'amour! Ce n'était pas là
le teint de brugnon mûr de la marquise, qui
n'avait jamais eu besoin de mouches pour en
relever l'éclat sans fadeur... ni ses lèvres qui
avaient la forme de l'arc enflammé de l'Amour
(disaient les madrigaux du temps) et qui lançaient si bien la flèche empennée des moqueuses
plaisanteries, ni son ivre sourire d'Érigone qui
se baignait avec tant de volupté rieuse dans
la mousse d'un verre de champagne, à souper,
si son regard assassin et fripon qui sautait par-
dessus l'éventail et faisait faire à la décence
toutes les voltiges de la curiosité, ni sa pru-
nelle bleue comme la flamme du punch et
brûlante du triple feu grégeois, de l'esprit, des

sens, de la coquetterie, car elle avait été une
coquette! Elle l'avait été jusqu'à la fin, toujours, sans repos ni trêve, même avec sa
femme de chambre, comme Fénelon qui l'était
avec ses valets; toujours armée, toujours implacable, comme la République romaine, ne
désarmant que quand on s'était humilié et
soumis, et qu'elle pouvait danser sur le cœur
des rebelles la danse du triomphe, une pyrrique
à elle, avec ses mignonnettes mules de satin
blanc, aux talons pourpres! Hermangarde
n'avait rien de toute cette beauté inspirée et
résonnante comme un instrument de fête, de
cette douce fureur invincible, de toutes ces
bacchanales d'esprit, de reparties, d'agaceries
tentatrices, *malheureusement ses seules débau-
ches,* disait Champfort, avec le satyriasis d'un
regret de libertin, quand on parlait de cette
cruelle et charmante Hermine de Flers, aux
orgies du duc d'Orléans. Il y avait en Hermangarde des lueurs bien plus divines que
tous ces scintillements lutins, des silences bien
plus éloquents que tous ces pétillements de
paroles, des reploiements sous la nue d'une
virginité troublée, bien plus expressifs que
toutes ces fusées d'étincelles... L'opale avec ses
teintes fondues l'emportait sur le diamant,
malgré l'insolence de ses feux, l'âme sur l'esprit, la poésie du voile sur le charme enivrant

de la nudité. Mlle de Polastron avait en toute
sa personne quelque chose d'entr'ouvert et de
caché, d'enroulé, de mi-clos, dont l'effet était
irrésistible et qui la faisait ressembler à une
de ces créations de l'imagination indienne, à
une de ces belles jeunes filles qui sortent du
calice d'une fleur, sans qu'on sache bien où la
fleur finit, où la femme commence ! Le contour
visible plongeait dans l'infini du rêve. Accu-
mulation de mystères ! c'était par le mystère
qu'elle prenait le cœur et la pensée. Espèce de
sphinx sans raillerie, à force de beauté pure,
de calme, de pudique attitude, et à qui la passion, en lui fendant sa muette poitrine, arracherait, un jour, le secret.

Un peu de l'énigme s'était déjà révélé. On
savait l'amour d'Hermangarde pour M. de
Marigny ; mais on ne savait pas l'âme d'Hermangarde. Nul n'en connaissait l'étendue, ni
sa grand'mère qui avait approuvé son amour,
ni Mme d'Artelles qui en redoutait la violence,
ni Marigny lui-même qui en savourait les
félicités et qui passait une partie de ses jours,
les regards suspendus aux yeux bleu-de-roi
d'Hermangarde, comme Charlemagne, la vue
attachée sur son lac de Constance, amoureux
de l'abîme caché.

Comment si jeune avait-elle aimé Marigny ?
Prématurée en tout, fleur et fruit en même

temps, elle était allée de bonne heure dans le monde, conduite par la marquise de Flers. Les jeunes gens qu'elle y vit passèrent sous ses yeux et ne les fixèrent pas. Au milieu de ces hommes sans beauté vraie et sans élégance qui forment le fond commun des salons, la personnalité fortement accusée de M. de Marigny devait nécessairement la frapper et la captiver. Et d'ailleurs elle l'aimait, même avant de l'avoir vu, tant il y a des affections qui ont tous les caractères de la destinée! Par un hasard de circonstances assez peu remarquable en soi, elle ne le rencontra que tard chez les personnes où elle allait. Mais elle avait vécu, pour ainsi dire, dans l'air contagieux d'une réputation qui fera toujours sur les jeunes filles l'effet enivrant du mancenillier. M. de Marigny, contre qui l'effrayée Mme d'Artelles avait lancé des choses si vives, était le scandale vivant du faubourg Saint-Germain. Comment ne l'eût-il pas été? Il possédait la puissance de l'esprit, contre laquelle on se révolte derrière le dos de ceux qui l'ont. Il n'avait pas de position, on ignorait sa fortune, ces deux seules distinctions qu'on respecte. Tout en lui reconnaissant une amabilité de premier ordre, quand il voulait causer, on maudissait ses vices, si toutefois une société aussi énervée que celle de Paris peut maudire.

Jamais (comme l'avait dit Mme d'Artelles) personne n'avait été l'objet de plus de commé-
rages que M. de Marigny. Les mères avaient
beau prendre les airs pincés, quand on en
parlait devant Mesdemoiselles leurs filles;
elles avaient beau s'ingénier à mettre les
guimpes les plus montantes aux expressions
dont elles se servaient, quand la conversation
roulait sur M. de Marigny; bien d'étranges
idées s'étaient éveillées dans la tête d'Hermangarde, cette fière Diane, calme en apparence,
mais agitée au fond sans savoir pourquoi,
lorsqu'elle avait recueilli d'une oreille curieuse
et discrète quelques bruits épars de tous ces
à-parte, étouffés à demi sous les éventails. Ah!
occuper de soi, en bien ou en mal, c'est déjà
une force, et les femmes aiment la force
comme tout ce qu'on n'a pas et ce qu'on désire
d'un désir vain. Mais si on ajoute à cela de
grands torts de conduite, comme on disait de
M. de Marigny, le dérèglement de la vie,
l'épouvante des âmes timorées, on s'expliquera
très-bien la disposition où ce qu'elle avait
entendu jeta Hermangarde. Loi formidable et
éternelle que toutes les poésies du cœur de la
femme la fassent incliner à sa chute !

Il y avait alors, dans la société de Paris,
une jeune mariée que M. de Marigny avait
compromise. C'était cette comtesse de Men-

doze à laquelle, on l'a vu, la vieille marquise avait décoché une allusion si directe. Passionnée et faible, élevée en Italie, où la société n'apprend pas, comme en France, à se défier des mouvements les plus généreux de son cœur, Mme de Mendoze avait aimé M. de Marigny avec une bonne foi qui l'avait perdue. En quelques instants, la passion fit une horrible razzia de tous les dons qui ornaient sa vie. Elle n'était plus belle, et elle avait été divine. Les femmes du faubourg Saint-Germain, qui savent glisser dans l'éloge le plus caressant de ces subtils poisons d'ironie auprès desquels les poisons de l'Italie des Borgia, qui enfermaient la mort dans les plis d'un gant parfumé, auraient été de grosses compositions, l'appelaient sérieusement *la Diva*. On pensait d'elle à cette époque ce que Louise de Lorraine, princesse de Conti, disait d'une des trois grandes maîtresses d'Henri IV, la duchesse de Beaufort : « *Celles qui ne voulaient pas l'aimer ne pouvaient la haïr.* » Avant que l'amour ne l'eût saisie dans sa griffe de flamme, elle avait été le type d'un de ces genres de beauté évidemment prédestinés au malheur, en raison même de la sublime délicatesse de leur essence et de leur forme. Cette délicatesse exceptionnelle, qui n'est pas la beauté, car la beauté a la force d'une harmonie, et, au contraire, cette délicatesse exquise, incomparable, vient peut-être d'un trouble, d'un élément céleste de trop dans la composition de l'être humain, s'élevait en Mme de Mendoze jusqu'au phénomène. Elle ravissait le regard comme un miracle accompli, et elle l'effrayait comme une catastrophe qui menace. Pour l'observateur philosophe, il était certain que le premier malheur de la vie déchirerait cette organisation ténue et diaphane, comme le cuivre auquel on l'accroche, en passant, déchire une dentelle. En effet, les plus transparentes ladies que l'Angleterre présente à l'admiration du monde comme les plus purs échantillons d'une aristocratie bien conservée, n'eussent pas approché de cette femme, chez qui les lignes et les couleurs avaient une légèreté, un *fondu*, un flottant de lueurs qu'on ne saurait rendre que par un mot intraduisible, le mot anglais *ethereal.* Quand on suivait, comme un fil de la Vierge dans l'air rose du matin, l'espèce de nitescence qui courait au profil de ses cheveux d'ambre pâle jusqu'à la nacre de ses épaules, on aurait cru à une fantaisie de Raphaël, tracée avec quelque merveilleux fusain d'argent, sur du papier de soie couleur de chair. Ses yeux, elle était un peu myope, étaient de ce tendre bleu de la tur-

dormir, et ils avaient l'expression singulière et
vague de ces sortes d'yeux qui n'étreignent
pas le contour des choses. Ils paraissaient
mats de rêverie. Ainsi Dieu ne l'avait faite
qu'avec des nuances. Mélange unique de
clartés sans fulgurances et d'ombres lactées,
elle berçait le regard en l'attirant et très-
certainement elle eût produit l'engourdisse-
ment magnétique des choses vues en rêve,
sans l'ardeur sanguine de ses lèvres, qui ré-
veillait tout à coup le regard, énervé par tant
de mollesses, et montrait, par une forte brus-
querie de contraste, que le cœur de feu de la
femme brûlait dans le corps vaporeusement
opalisé du séraphin. Mme de Mendoze avait la
lèvre roulée que la maison de Bourgogne
apporta en dot, comme une grappe de rubis, à
la maison d'Autriche. Issue d'une antique
famille du Beaujolais, dans laquelle un des
nombreux bâtards de Philippe le Bon était
entré, on reconnaissait au liquide cinabre de
sa bouche les ramifications lointaines de ce
sang flamand qui moula pour la volupté la
lèvre impérieuse de la lymphatique race alle-
mande, et qui depuis coula sur la palette de
Rubens. Ce bouillonnement d'un sang qui
arrosait si mystérieusement ce corps flave et
qui trahissait tout à coup sa rutilance, sous
le tissu pénétré des lèvres ; ce trait héréditaire

et dépaysé dans ce suave et calme visage était le sceau de pourpre d'une destinée.

Il disait bien que cette femme frêle à qui les poètes eussent attaché par la pensée sur le front de mystiques bijoux, comme le béryl ou la cyanée, et aux épaules la tunique d'hyacinthe, appartenait dans son corps autant que son âme au double amour qui n'en est qu'un seul. Un tel signe n'avait pas menti. La passion de Mme de Mendoze pour M. de Marigny et dont cette Italienne manquée n'avait pas su faire une *relazione* de plus d'un an, eut toute l'insouciance d'un malheur suprême après avoir eu toutes les imprudences d'une félicité sans bornes. La comtesse s'était doublement affichée. On la recevait toujours, à cause du rang que tenait sa famille en France et par celle de son mari en Espagne (elle était alliée aux Medina-Cœli), mais l'opinion ne lui marchandait pas les cruautés. Elle les brava comme une plus fière, non par hauteur de courage, mais par entraînement aveugle et fatal, parce qu'elle ne pouvait rencontrer son ancien amant que dans ce monde qui la flétrissait tout en restant poli pour elle. Elle y allait donc, poussée par l'espérance. Attelée au joug d'une idée fixe, elle y traînait un cœur désolé, une santé dévastée. Rien ne l'arrêtait. Ni la fièvre, ni la toux con-

Elle avait toujours bien le courage de sa toilette ; et, brisée, mourante, anéantie, elle venait la première et s'en allait la dernière partout, l'attendant, voulant le voir encore, même de loin, et dût-elle expirer, en rentrant, du souvenir des jours passés. Ame acharnée qui n'arrachait pas le trait, mais l'enfonçait chaque jour davantage ! Hermangarde savait, confusément, il est vrai, l'histoire de Mme de Mendoze, mais assez pour suspendre toutes sortes de rêveries à cette femme qui aimait sa faute jusque dans son supplice, à ce front d'Éloa tombée qui n'eût pas voulu se relever, à ce maigre et pâle visage fondu au feu d'un mal intérieur où il n'y avait plus que deux grands yeux flétris, cernés, dévorés, sanglants d'insomnie et de pleurs... Malgré la réserve d'une éducation vraiment patricienne, Mlle de Polastron ne pouvait s'empêcher de regarder Mme de Mendoze avec étonnement, avec épouvante, avec jalousie, avec pitié. C'était dans ce sein jeune et pur une confusion de tous les sentiments qui s'ignorent. Pour elle, la comtesse était une curiosité funeste. Elle contemplait trop Marigny à travers cette femme qu'il tuait... Chaque fois qu'elle la rencontrait, elle épiait avec un intérêt aussi dissimulé que s'il avait été coupable, le progrès du mal qui la minait ; mettant le sentiment partout où il y

avait la maladie. Elle ne se doutait pas qu'elle
aimait déjà... qu'elle caressait déjà les ailes
d'épervier de la terrible Chimère. « Quand
donc le verrait-elle aussi, cet homme qui
tuait si bien les femmes? » Elle n'avait pas
peur de lui, mais elle éprouvait cette émotion
chère aux intrépides qui inspirait les paroles
de César, allant se faire tuer au Capitole, au
moment où sa femme cherche à le retenir :
« César et le danger sont deux lions mis bas
le même jour, mais César est l'aîné et César
sortira [1]. »

Ces troubles d'une âme romanesque durèrent
tout le temps qu'il fallut pour que, s'il n'était
pas complétement vulgaire, Marigny dût être
un dieu pour elle au premier coup d'œil.
Aussi le fut-il. Un soir, chez la duchesse de
Valbreuse, il y avait beaucoup de monde et
l'on dansait. La musique, le mouvement du
bal, les conversations, couvraient la voix des
domestiques qui annonçaient. La soirée était
très-avancée. Hermangarde, après plusieurs
valses, s'était rassise près de sa grand'mère, et
comme d'ordinaire, elle observait *son* drame
vivant, Mme de Mendoze, plus souffrante que
jamais, affaissée sur un divan, et dont l'œil
rougi, fatigué d'attendre, avait l'hébêtement

1. Shakespeare.

d'une rêverie folle. Tout à coup elle la vit devenir plus pâle encore, et ses yeux lourds s'agrandir et projeter des rayons comme deux soleils. Un mouvement insensé qui n'était pas un sourire agita ses lèvres flétries, qu'un jet de sang, envoyé par le cœur sans doute, colora :

« Voyez-vous, dit une voix derrière Hermangarde, cette pauvre Mme de Mendoze et l'effet que produit sur elle l'arrivée de M. de Marigny? »

La jeune fille n'en entendit pas davantage. Elle ne vit plus Mme de Mendoze. Elle vit Marigny debout contre la portière de velours pourpre qui retombait en plis nombreux derrière sa tête, et sur laquelle il se détachait avec une sombre netteté. Il était en noir. Elle ne l'analysa pas. Elle ne le jugea pas. Sa première pensée fut le Lara de lord Byron; la seconde, qu'elle aimait.

Alors, involontairement, et par un mouvement de rivale heureuse, *puisqu'il ne l'aimait plus,* elle se reprit à regarder Mme de Mendoze. L'émotion n'avait pas lâché la malheureuse comtesse. D'inépuisables éclairs jaillissaient de son regard incendié. Mais les lèvres payaient cher la vie qui leur était revenue. Elles en déposaient le secret dans le mouchoir dont elles rougissaient les dentelles.

« C'est beau, malgré tout, une passion pareille! dit près d'Hermangarde la voix qui avait

parlé. Elle est mourante, cette petite femme-là.
Tenez, voilà que le sang l'étouffe. Regardez son
mouchoir, Thadée ; mais bah ! elle n'y prend seulement pas garde, et tout le temps que Marigny
sera là, elle n'est pas femme à s'évanouir. »

Cette scène rapide, d'un tragique simple
comme nos mœurs, auxquelles les convenances
dessinent un cadre si étroit, donna à la belle
Hermangarde le frisson d'une émotion inexprimable. La marquise de Flers, qui le vit passer
sur ses épaules, la gloire et l'orgueil de sa vieillesse maternelle, craignit que sa petite-fille n'eût
froid et lui jeta, en souriant, l'écharpe oubliée
au dos du fauteuil. Quant à M. de Marigny,
c'était à son tour de regarder. Parmi tous ces
fronts chargés de diadèmes ou de fleurs, il avait
aperçu le front nu et pur d'Hermangarde. Ses
cheveux blonds relevés droit sous le peigne
découvraient des tempes divines de transparence et de fraîcheur. Marigny, malgré l'expérience de sa vie et les musées de sa mémoire,
n'avait rien vu d'aussi saintement beau que
Mlle de Polastron. Une pulsation de dix-huit ans
rajeunit son cœur blasé. Il s'avança vers elle,
et tournant le dos à Mme de Mendoze, il vint
saluer Mme de Flers pour voir de plus près cette
idéale jeune fille, attirante, invincible et belle
comme une illusion.

« C'est Mlle de Polastron ? » dit il en allant

nant devant Hermangarde, mais il n'ajouta rien
de plus. Lui qui savait si bien parler le langage de la flatterie, lui (disait-on) le plus éloquent des corrupteurs, il ne risqua pas, avec
Mme de Flers, un seul de ces éloges que la
beauté d'Hermangarde arrachait également aux
hommes et aux femmes. Un respect qu'il n'avait
jamais senti en présence d'une créature humaine
lui inspira de se taire. Sa parole lui semblait
trop prostituée pour qu'il osât s'en servir...
Peut-être aussi craignait-il de se trahir; car,
depuis cinq minutes, il aimait, et pour la première fois, sensation étrange et maudite! il
tremblait de ne pas être aimé.

Mais, quelques jours après cette soirée, il
avait repris, une par une, toutes les sécurités
de son infernal orgueil. Il était allé chez la
marquise, et l'âme naturelle d'Hermangarde
s'était ouverte comme un livre, sur toutes les
pages duquel il put lire son nom. Certain d'être
aimé et assez épris pour vouloir le bonheur
suprême au prix des liens qu'il avait jusque-là
redoutés, il s'efforça de plaire à la marquise.
Avec Hermangarde il n'avait besoin d'aucune
séduction, d'aucune coquetterie. Elle était sou-
mise à ce magnétisme de l'amour, si absurde
et si divin; car bien souvent, rien dans la personne qui l'exerce ne le justifie. Un homme de

maintenant en France, de cet éclat de manières
qui rappelait à la douairière de Flers les plus
beaux jeunes gens de sa jeunesse, dut l'émer-
veiller et l'entraîner. Elle raffola bientôt de
Marigny. Pendant une année, il alla chez elle
tous les soirs. C'était se poser en prétendant à
la main de Mlle de Polastron. Les vicomtesses
du noble faubourg crièrent de toute la force de
leur voix de tête contre une telle audace. Mais
la marquise, hardie comme une femme du
XVIIIe siècle, et qui savait les vrais revenant-
bons de la vie, souriait et ne pensait pas qu'un
mauvais sujet comme Marigny fût un si mauvais mari pour Hermangarde. Se trompait-
elle? l'avenir le prouvera. A coup sûr, il y
avait en Marigny des replis d'âme qu'elle ne
voyait pas... de ces profondeurs creusées par
un siècle de plus dans l'esprit des générations;
mais la société myope du faubourg Saint-
Germain les voyait-elle davantage? Le bon
sens de la marquise, qui n'avait rien de bourgeois, lui disait qu'après tout, dans cette loterie
du mariage, les qualités de M. de Marigny
étaient encore la meilleure mise. « Les passions, pensait-elle, font moins de mal que
l'ennui, car les passions tendent toujours à diminuer, tandis que l'ennui tend toujours à s'ac-
croître. » Enfin, elle se connaissait à l'amour,

avait des dettes, « mais Hermangarde, disait-
elle avec une élévation très-spirituelle, a quatre-
vingt mille raisons pour se passer de la fortune
d'un mari. » Un soir, troublée comme une fille
noble et une chaste fille, Hermangarde avait
avoué son amour et caché dans les plis de la
douillette de sa grand'mère des rougeurs à rendre
jalouse la blancheur des marbres. La vieille
douairière l'avait absoute et bénie. Elle avait
hâte d'assurer le bonheur de sa chère enfant
avant de mourir. Elle avait donc approuvé le
mariage dont ils avaient, ces heureux enfants,
célébré les fiançailles dans leurs cœurs. Au
lever du rideau de cette histoire, il ne leur
restait plus qu'un mois à attendre ; le plus long
de tous, puisqu'il est le dernier !

Depuis un an la comtesse d'Artelles ne s'était
pas démentie. Elle n'avait pas cessé d'envisager
avec mécontentement et avec défiance l'amour
d'Hermangarde, qui grandissait de plus en plus
dans cette intimité, couverte des ailes de la
marquise. L'amabilité de Marigny avait échoué
contre elle. Tout avait glissé sur cette âme,
lissée de préjugés et qui avait la force de retenir ses préventions. Elle s'était ouvertement
déclarée hostile au mariage. Elle aimait Mlle de
Polastron comme une nièce. Moins sensible
par l'esprit que son amie, restée plus jeune
sous ses cheveux blancs, elle se préoccupait

davantage des idées communes. Il y avait en
Marigny quelque chose qui l'épouvantait.
N'ayant d'abord contre cet homme, d'une influence si prodigieuse sur la marquise, que des
impressions personnelles et des bruits de salon,
elle s'était trouvée presque heureuse d'avoir
mis la main sur des faits positifs. Le vicomte
de Prosny, le *cavalier servant* de sa jeunesse, à
qui jadis elle avait fait porter chez son bijou-
tier tant de bracelets dont elle changeait les
médaillons, allait avoir de bien autres emplois
à présent! Elle avait projeté de l'envoyer à la
découverte des relations qui existaient entre
Marigny et une ancienne maîtresse, que lui,
Prosny, avec ces airs de gourmet qu'ont les
vieux libertins comme les vieux gourmands,
disait être digne de figurer au premier rang
des *impures* de monseigneur le comte d'Artois.

III

Un ancien cavalier servant.

LUSIEURS jours après la révélation qui avait rembruni le front ouvert de la marquise, le vicomte de Prosny buvait son dernier verre de liqueur des Iles, chez son ancienne reine, la comtesse d'Artelles, qui lui avait donné à dîner.

Elle l'avait traité en vieille qui veut séduire un vieillard, et qui le prend par la seule anse qui reste, la passion suprême, celle qui ferme la porte à toutes les autres, le péché capital qui est, hélas! aussi le péché final!

Elle lui avait donné un dîner des dieux : un petit repas, substantiel, savoureux et fin, calculé de manière à ce qu'il excitât sans irriter et communiquât une activité suffisante... Dire comment elle savait le degré juste d'animation

ce serait répéter les mauvais propos d'un autre
âge, et d'ailleurs, règle générale, les femmes
savent toujours à merveille ce qu'il leur importe
de savoir.

« Ce sont les délices de Capoue que votre
dîner, ma chère comtesse, » dit le vicomte avec
la tendre reconnaissance d'un estomac heureux
depuis une heure et demie.

Car le bonheur avait commencé à la première
cuillerée d'un excellent potage, et le vicomte,
qui n'avait plus de dents et qui avait des prin-
cipes, mangeait fort lentement.

« N'est-ce pas?... fit la comtesse, comme une
femme qui sait sa force, mais il ne faut pas
qu'Annibal s'endorme dans ces délices-là. »

Le trait était doublement historique, le vieux
de Prosny s'endormait presque toujours après
son dîner.

« Non, je vais à Rome à l'instant même, reprit
le vicomte. C'est-à-dire, ajouta-t-il, rue de Provence, 46, chez la señora Vellini.

— C'est donc ainsi que cette *espèce* s'appelle?
dit Mme d'Artelles avec un mépris de grande
dame, le plus insolent des mépris.

— Oui, c'est comme cela, répondit le vicomte;
elle est Espagnole, née à Malaga en 1799, de
manière que... de manière que...

— De manière que... elle a trente-six ans ! »
dit vivement la comtesse, fort impertinemment

pour la señora en question et pour le vicomte, qui, très-souvent, l'impatientait avec la forme habituelle sous laquelle il cachait assez mal l'absence du mot qui le fuyait.

Ici une parenthèse. Le vicomte Éloy de Bourlande, Chastenay de Prosny, avait été destiné à la magistrature dès sa jeunesse. Il appartenait à une ancienne famille de Parlement. Sa vie de jurisconsulte avait été courte. Avant la Révolution, il était ce qu'on appelait alors *avocat de sept heures,* avec M. Roy, depuis ministre, et beaucoup d'autres, devenus fameux. Les avocats de sept heures étaient, comme on le sait, les jeunes avocats au début qui plaidaient aux audiences du matin, quand les illustres de l'Ordre, les chanoines de la grand' manche, les hommes à position et à réputation, dormaient encore aux pieds de leurs sacs. Né pour être conseiller de grand'chambre, la Révolution tua son avenir, mais, du moins, respecta sa personne. Et pourtant il n'avait point émigré. Il s'était caché pendant la Terreur, comme beaucoup de nobles dans certaines provinces. Sa famille était du Nivernais. Il avait été très-beau, comme on pouvait en juger par un portrait fort ressemblant, accroché à la glace de son entre-sol, rue Louis-le-Grand, et qui le représentait coiffé en cadenettes, avec le collet de velours vert, tel qu'il était quand il se maria. Cette belle tête, aux yeux d'outremer, à la bouche fine, si romanesque et si féodale en même temps, on n'en reconnaissait guère le galbe dans le vicomte de Prosny actuel. Le nez busqué s'était allongé, la bouche dégarnie de ses dents était rentrée, et avait un faux air de celle de Voltaire sur son déclin. Le menton impérieux avait suivi le nez dans son mouvement en avant, et le menaçait. La peau du visage était jaune comme un parchemin d'antique noblesse ; les yeux, gonflés comme ceux de tous les hommes sensuels et qui ont pratiqué la vie ; mais ils dardaient toujours leur flamme verte avec cette énergie de curiosité insatiable qui ressemble à de la pénétration, mais qui n'en est pas... Le front : on n'en pouvait juger, caché qu'il était par une perruque châtain clair, très-frisée et posée perpendiculairement sur les yeux. On ne compte plus maintenant que deux perruques de ce style-là dans tout le faubourg Saint-Germain. Tel était devenu le beau Prosny, le plus agile danseur et la plus forte lame d'épée d'après Thermidor. Il s'était battu pour le *petit Capet* et les *dix-huit boutons* à l'habit [1], autant que s'il avait été élevé, avant les désastres de la mo-

_____

1. Historique. Le Petit Capet (chapeau) voulait dire Louis XVII ; les dix-huit boutons, Louis XVIII. Cette époque fut magnifique d'héroïsme individuel. La monar-

narchie, pour entrer dans la Maison-Rouge au
lieu d'entrer dans les Enquêtes. Il avait été le
poing le plus sur la hanche de cette époque de
bretteurs et la *fleur des pois* des muscadins. A
cette époque, il avait tourné la tête à une héritière avec le muscle de son mollet. Il s'était
marié richement et avait vécu sur ses terres.
Très-poli pour les autres, mais très-pointilleux,
très-despote chez lui, très-colère, il avait été
dans sa campagne le plus violent des juges de
paix. Libertin, mais galant et discret ; égoïste
comme Fontenelle lui-même, sans cet esprit
qui excuse tout, mais avec l'excellent ton qui
le vaut presque, il avait fait mourir sa femme
de chagrin, planté une magnifique croix sur sa
tombe, et sur sa mémoire une phrase conve-
nablement mélancolique qu'il répétait toujours
quand on lui en parlait, et... tout avait été dit.
Difficile à satisfaire, quinteux en diable, parlant
toujours de dégaîner quand on le contrariait,
et l'ayant fait très-volontiers tout vieux qu'il
fût (il s'était battu juvénilement, lorsque les
alliés étaient venus en France, avec un colonel
de Cosaques qui logeait chez lui et qui avait
trouvé que les infusions de marjolaine qu'on
lui servait le matin n'étaient pas du thé hyson

de France, avait trouvé moyen de l'être dans l'avenir. Les
derniers combats de la noblesse française pour la royauté
ont été des duels.   *(Note de l'auteur.)*

et souchong, et il l'avait blessé), très-mécontent
de son gendre, qui était encore plus mécontent
de lui, il était revenu vivre à Paris, en garçon,
touchant ses fermages chez son banquier, et se
moquant de l'opinion publique de sa province,
qui l'appelait un vieux dénaturé, parce que,
disait-il, il voulait la paix dans ses derniers
jours.

Il était de haute taille, droit et sec comme
un bambou, dont il avait les nœuds dans l'humeur. Il aimait autant le trictrac que la liqueur
des Iles. Né pour être juge, il ne bégayait pas
comme Bridoison, mais souvent il cherchait
ses mots... Et comme dans la conversation il
n'y a point de dictionnaire, il avait pris, en
vieillissant, la risible et déplorable habitude de
répéter à chaque bout de phrase la locution *de
manière que...* Quand on lui parlait, il avait
toujours l'air attentif et très-étonné, quoiqu'il
fût bien loin d'être naïf, et il poussait avec sa
langue sa joue creuse, en vous regardant.

« Allez donc, vicomte! fit Mme d'Artelles,
tâchez de m'avoir des détails ; tâchez de savoir
par quel diabolique talisman cette femme, qui
n'est ni jeune, ni belle, dites-vous, a pris sur
M. de Marigny un ascendant qu'elle n'a jamais
perdu, tandis que cette pauvre Mme de Mendoze, par exemple, tue sa jeunesse et sa jolie

monstrueuse ingratitude de ne pas même s'
apercevoir.

— C'est difficile, c'est difficile, répondit
vicomte. La drôlesse est insaisissable. Elle
répond à aucune question et elle échappe
l'observation la plus aiguisée. C'est du feu gr
geois ou du vif-argent incarné... *de maniè*
que... de manière que...

— ... Vous ne voyez rien à travers vos l
nettes, mon cher contemporain? interrompit
comtesse, jouant l'incrédulité avec une câliner
perverse. Dois-je croire cela de votre ancienn
sagacité?

— Oui, ma chère, croyez-le, fit le vicomt
obligé, acculé à être vrai. J'ai su les femm
autrefois. J'ai connu leurs mille diableries po
nous faire, quand ça leur convient, marcher
quatre pattes comme feu Nabuchodonoso
Mais, voyez-vous! la Vellini n'a pas d'analogi
dans mon répertoire de souvenirs. On ne com
prend rien à celle-là! C'est un logographe
c'est un hiéroglyphe, c'est un casse-tête chinoi
et peut-être est-ce tout cela qui fait sa pui
sance! Depuis quelque temps, j'ai cessé de l
voir, mais je l'ai vue beaucoup autrefois, d
manière que je puis bien la revoir encore. Se
lement, je ne crois pas avoir à vous donner le
détails dont vous êtes friande et que vous ave
promis à Mme la marquise de Flers.

— Hypocrite ! fit encore l'astucieuse comtesse, en lui lançant deux regards d'une date reculée, presque tendres, et qui prenaient en écharpe la fatuité de l'ancien *cavalier servant*. Est-ce que vous ne découvririez pas la pierre philosophale, si vous le vouliez ?

— Enfin, j'essayerai ! dit le vicomte, divinisé par l'idée que la comtesse avait de lui. Dans tous les cas, du reste, j'apprendrai à la señora le mariage prochain de Mlle de Polastron et de M. de Marigny, et je compte sur un fier tapage.

— Si le tapage, reprit la comtesse, peut empêcher le mariage, vous m'aurez donné mon dernier plaisir ; » et elle lui tendit la main en appuyant sur ce mot, que la discrète délicatesse du vicomte n'osa relever, mais qu'il comprit. Il baisa cette main avec la douceur du souvenir, prit sa canne et s'en alla chez la señora Vellini.

Il faisait un clair de lune perçant et glacé. Le vieux vicomte, qui aimait à marcher après son repas, arriva, tout en chantonnant, rue de Provence. Il monta les quatre étages qu'il connaissait bien, avec une jambe rajeunie à la fontaine de Jouvence de l'excellent dîner de la comtesse, et sonna à la double porte en tapisserie qu'une jeune fille splendidement belle vint ouvrir.

« Ah ! c'est monsieur de Prosny ! dit la jeune
fille un peu étonnée de revoir un ancien visage
probablement oublié.

— Lui-même ! reprit le vicomte. Comment
te portes-tu, mon enfant ? ajouta-t-il en passant
la main sous le menton royal qui n'appartenait
qu'à une soubrette, mais qui n'en était pas
honteux. Comme toutes les personnes de son
temps, M. de Prosny tutoyait les domestiques.
La señora est-elle visible, ce soir ?...

— Oui, monsieur, » dit Oliva en débarrassant
le vicomte de son manteau. Cette belle soubrette, à la taille de déesse, étalait une beauté
étrange et une mise plus étrange encore. Elle
avait les cheveux d'un rouge flamboyant, largement tordus sous un peigne d'écaille blonde,
les bras nus et une robe de soie. C'était *mauvais ton,* peut-être, que cette mise pour une
fille de service, chez qui rien n'indiquait la
femme de chambre, si ce n'est le tablier blanc
consacré. Elle éclaira, de son bougeoir de
cristal, M. de Prosny et lui fit traverser plusieurs pièces. Elle marchait d'un pas résolu et
voluptueux tout ensemble, et l'on entendait
craquer sur les tapis le satin turc de sa bottine.
Son ondoyante taille profilait d'alliciantes ombres sur les draperies qu'elle éclairait en passant. Il fallait que la señora Vellini eût une
grande idée de sa beauté pour garder chez elle

une camériste de cet air-là. Il fallait qu'elle eût
l'orgueil immense qui naît de la force éprouvée.
La plus altière du faubourg Saint-Germain
aurait renvoyé haut la main une femme de
chambre au port *si princesse* et qui, en tendant
un plateau ou une lettre, prenait tout naturellement des attitudes à exposer *ses amies* et *soi-
même* aux plus écrasantes comparaisons.

Quand on voyait Oliva, l'idée venait : si c'est
là la soubrette, qu'est donc la maîtresse? Mais
le vicomte de Prosny ne pouvait se prendre à
une telle préface. Il connaissait la señora
Vellini, et il devait la retrouver avec quelques
années de plus.

IV

Une maîtresse-sérail.

'APPARTEMENT dans lequel Oliva-la-Rousse fit pénétrer M. de Prosny ne ressemblait guère à un appartement de femme. Si on en croyait les récits du vicomte à Mme d'Artelles, la señora était peut-être d'un ordre un peu plus élevé que toutes celles qui font tomber des sequins en agitant leurs jupes, mais, après tout, disons le mot, le monde qui ne veut que des situations expliquées, l'appelait une courtisane. Eh bien, l'aurait-on dit en entrant dans cet appartement si fier et si sombre et qui ressemblait plus à un cabinet qu'à un boudoir?... Là, nulle mollesse, nul mystère dans le jeu des glaces, nulle combinaison scélérate dans le *jeté* des draperies, nul parfum provoquant ou révélateur. Les lambris, sans aucun ornement, étaient revêtus de cuir de Russie doré. D'immenses rideaux à l'italienne en velours froc-de-capucin étaient retenus par des torsades, or bruni et aurore. Sur la cheminée, tout bronze. Une assez belle glace de Venise s'y penchait. Des fauteuils en chêne sculpté étaient couverts d'un velours semblable au velours des rideaux, et le tapis, d'une épaisseur inaccoutumée, n'avait non plus que les deux sérieuses couleurs, brun et aurore. Du reste, pas de meubles attestant la présence d'une femme. Point de chiffonnière, point de corbeille. On eût pu se croire chez un homme, mais quel homme? Un homme d'action ou un penseur? Il n'y avait ni pipes ni armes contre les lambris, ni table à écrire, ni bibliothèque. Le seul meuble qui fût remarquable au milieu de cette nudité simple et ferme, c'était une espèce de lit de repos en satin vert, soutenu par deux images d'hippogriffes, aux ailes reployées, et que l'artiste avait sculptés avec la plus ivre fantaisie.

Un tel appartement avec ses couleurs sévères n'était pas trop éclairé par le feu de la cheminée et deux lampes dont les globes de cristal colorié répandaient un jour à reflets changeants et incertains.

« C'est M. le vicomte de Prosny, señora, fit Oliva à sa maîtresse, couchée à terre, en face du feu, sur une magnifique peau de tigre, et qui se souleva sur le coude pour dire bonjour au vieux vicomte.

— Eh quoi ! c'est vous ! C'est vous ! » dit-elle avec un peu d'étonnement comme Oliva. Et elle lui tendit la main avec une cordialité vive. Le vieux galant, qui venait de baiser celle de ses anciennes amours, et qui avait la lèvre humide encore de la liqueur des Iles de Mme d'Artelles, serra cette main, mais n'osa l'embrasser.

L'historien de Mme d'Artelles, M. de Prosny, n'avait rien exagéré. La señora Vellini n'était plus jeune et n'avait jamais été jolie. Oliva n'était donc point comme un degré de lumière, placé là par l'orgueil enivré, pour monter d'une femme belle à une femme plus belle. Au contraire, on descendait à une femme soudainement laide quand on regardait Vellini, l'œil ébloui par Oliva. La comparaison avait alors toute la surprise du contraste. Vellini était petite et maigre. Sa peau, qui manquait ordinairement de transparence, était d'un ton presque aussi foncé que le vin extrait du raisin brûlé de son pays. Son front, projeté durement en avant, paraissait d'autant plus bombé que le nez se creusait un peu à la racine; une bouche trop grande, estompée d'un duvet noir bleu, qui, avec la poitrine extrêmement plate de la señora, lui donnait fort un air de jeune

garçon déguisé ; oui, voilà çe qui paraissait,
aveuglait d'abord, ce qui choquait, au premier
coup d'œil, ce qui faisait dire aux yeux épris
des lignes de la tête caucasienne : qu'elle était
laide, la señora Vellini ; surtout quand on la
voyait, comme, ce soir-là, la voyait le vicomte,
hâve d'ennui, indolemment couchée sur sa peau
de bête, réveillée de sa pesante rêverie comme
un enfant fiévreux qui interrompt une sieste mor-
bide dans la Maremme. Sa tête, trop penchée
sur son cou flexible, et qui semblait emporter
le poids de son corps, lui donnait quelque
chose d'oblique et de torve. Elle se repliait sur
elle-même avec une espèce de pudeur farouche,
défiante et orgueilleuse, et qui jetait des redou-
blements d'ombre sur sa laideur. Telle elle
apparaissait... mais disons tout : pour peu
qu'une passion ou un caprice la fît sauter debout ; pour peu qu'un invisible coup de trom-
pette, un accent réveillé des sentiments engourdis lançât le frisson dans sa maigreur
nerveuse, et l'arrachât au sommeil de sa pensée... elle n'était pas belle, non, jamais, mais
elle était vivante, et la vie, chez elle, valait la
beauté dans les autres ! L'Expression, ce dieu
caché au fond de nos âmes, la créait par une
foudroyante métamorphose. Alors, ce front envahi par une chevelure mal plantée, ce front
d'esclave, étroit, entêté, ténébreux, grossissait,

grandissait et commandait au visage. Ce nez,
commencé par un peintre kalmoûk, finissait en
narines entr'ouvertes, fines, palpitantes, comme
le ciseau grec en eût prêté à la statue du
Désir. Les coins de la bouche allaient mourir
dans des fossettes voluptueuses. Les yeux em-
plis par des prunelles d'une largeur extraordinaire, noirs, durs, faux, espionnants, tisons ar-
dents d'un vrai *brasero* sans flammes, s'avi-
vaient d'une clarté qui brûlait le jour. C'étaient
des yeux infernaux ou célestes, car l'homme
n'a guère que ces mots-là qui cachent l'infini
pour en exprimer la puissance. A coup sûr,
c'étaient des yeux pareils qui avaient inspiré
le distique klephte : « Un de tes cheveux ! que
je m'en couse les paupières pour ne plus regarder d'autres yeux que les tiens ! » Ah ! dans
ces moments-là, quelle revanche la señora prenait sur les femmes toujours belles ! Mais
l'émotion ne durait pas. Tout s'éteignait quand
elle était envolée ; et la nuit de sa laideur
ressaisissait, redévorait Vellini en silence, et
restait lourdement sur elle, comme un froid
basilic se couche à la place où il a tout en-
glouti...

Pour aimer cet être changeant, beau et laid
tout ensemble, il fallait être un poète ou un
homme corrompu. Le vieux vicomte n'avait pas
en lui un grain de poésie. Aussi ne comprenait-

il rien aux éclairs de passion qui passaient sur Vellini ; mais, comme il était corrompu, blasé et vieux de civilisation et de sens, il s'expliquait très-bien qu'on pût *s'arranger* de toute cette laideur.

« Eh bien ? comment allons-nous, déesse du caprice ? fit-il avec une aisance familière, en s'asseyant dans un grand fauteuil pendant qu'Oliva disparaissait.

— Vous êtes aussi capricieux que moi, monsieur le vicomte, dit la señora, comme un enfant gâté qui s'éveille. Vous veniez me voir autrefois. Vous veniez souvent. Vous aviez l'air de tenir à moi, mais baste ! un beau jour, vous disparaissez on ne sait pourquoi, et on ne vous revoit... qu'aujourd'hui.

— J'ai été aux Eaux, ma petite, reprit le vicomte, de *manière que...*

— Aux Eaux, sans bouger, pendant deux ans ! interrompit la señora en éclatant de rire. Vous vous moquez de moi, vicomte ; ou c'est une excuse d'après dîner !

— D'après dîner ! Comment cela ? dit le vicomte, rondissant ses yeux verts, l'air étonné, poussant sa joue avec sa langue. Voulez-vous dire que je suis gris ?

— Non, vicomte, je vous sais prudent, si ce n'est sage. Vous avez une jambe malade qui vous interdit de vous griser, dit-elle féroce-

ment, car elle s'ennuyait, et, pour passer
le temps, elle eût jeté Prosny au tigre
sur lequel elle était couchée, si l'animal avait
vécu.

— Attends, drôlesse, pensa le vicomte, je
vais te payer tout à l'heure tes réflexions sur
ma jambe ! Mais la señora continuait :

— Non, mon cher vicomte, vous êtes en état
de lucidité parfaite ; mais vous avez dîné, bien
dîné, peut-être chez quelque ancienne maîtresse, et, après avoir eu toutes les jubilations
de la table, l'ennui de l'intimité vous prenant,
vous vous êtes dit qu'il serait drôle et nouveau
de monter chez moi, et vous êtes venu. Le vin
stimulant les réponses et donnant de l'esprit,
quand il n'en ôte pas : « Je lui dirai que je
suis allé aux Eaux, avez-vous pensé, si elle me
fait quelque reproche de mon absence ; et, autre
illusion produite toujours par les influences du
dessert ! elle le croira. »

La Vellini serrait de près la vérité, mais elle
ne la tenait pas. Elle ne se doutait point de la
mission dont s'était chargé le vieux renard
qu'elle venait de blesser et qui, impatient de
lui rendre dans sa vanité le coup qu'elle avait
porté à son amour-propre, en lui parlant de sa
jambe, se tut une minute...

« Est-ce que vous voyez toujours M. de Marigny ? lui dit-il.

— Certainement, fit la señora avec nonchalance.

— Mais y a-t-il longtemps qu'il n'est venu chez
vous, señora ? » reprit M. de Prosny, en plongeant sur elle des yeux avidement cruels.

Il la dominait puisqu'il était assis sur le fauteuil et elle à terre. Elle était changée depuis
deux ans. Elle avait vieilli. L'égoïste, blessé par
elle dans le sentiment de ses infirmités physi-
ques, vit que la raie des cheveux s'était élargie,
que quelques fils d'argent apparaissaient dans le
miroir noir des bandeaux. Elle avait une espèce
de blouse de soie sans corset, fixée par une
ceinture. Ses pieds nus, aussi bruns que sa joue,
étaient *au large* dans des pantoufles de velours
brodées de perles. Traître costume qui montrait
bien qu'elle n'avait plus ses vingt-cinq ans ! La
seule chose immortelle était la grâce indolente
et jeune avec laquelle elle posait sa petite main
sous la griffe d'or de sa peau de tigre, en écoutant M. de Prosny.

« Mais il y a une huitaine, répondit-elle ; il
vient quand il veut ; il est libre. Qui se voit
tous les jours après dix ans ?...

— Et dix ans qui n'ont pas été, dit le vicomte,
d'une fidélité parfaite. » C'était le premier coup
de dent de sa rancune ; il allait passer au second.

Cela ne l'irrita point. Elle ne répondit pas

comme une prude : « Qu'en savez-vous ? » mais placidement, et avec cette mélancolie qu'ont les femmes qui ont cherché le bonheur et qui n'ont trouvé que l'amour :

« Lui ni moi, n'avons été fidèles. Notre liaison a été singulière, ajouta-t-elle en rêvant tout haut ; car pourquoi aurait-elle dit ces choses au vieux Prosny ? Nous nous sommes plus haïs qu'aimés !

— Alors, tant mieux ! dit le vicomte, car voici le dénoûment qui arrive, et je ne voudrais pas vous voir malheureuse. Vous savez sans doute le mariage de M. de Marigny ?

— Je le sais, vicomte, fit-elle gravement, mais pas par *lui.* »

Le vicomte étudiait cette tête de bronze. Un sillon de la foudre de beauté qui partait de l'émotion du cœur y passa. Mais ce fut trop rapide pour être aperçu d'un observateur sans portée comme l'était M. de Prosny.

« Oui, je le sais, reprit-elle, en portant vivement à sa bouche la main qu'elle avait mise sous la griffe d'or de la peau de tigre. La griffe acérée, trop durement appuyée par elle, avait trouvé le sang, qui coulait et qu'elle suça tranquillement. *Ils* sont venus de partout me dire que Marigny allait se marier. A chaque femme qu'il a eue dans *votre* monde ou dans le mien, *ils* sont venus m'en avertir ! Ne l'ai-je pas tou-

jours su d'avance, la veille même du jour où
ces femmes se donnaient à lui ! Moi-même, ne
l'ai-je pas souvent renvoyé vers elles lorsqu'il
s'en revenait vers moi? Aujourd'hui, au lieu
d'un amour, c'est un mariage...

— C'est un amour et un mariage, fit l'implacable vicomte.

— Eh bien ! c'est un amour et un mariage, si
vous voulez, répondit-elle, mais ce n'est pas un
dénoûment. De dénoûment à la liaison qui
existe entre Marigny et moi, il n'y en a pas,
monsieur de Prosny !

— Ma foi, señora, dit M. de Prosny d'un ton
de plaisanterie, mais dépité, au fond, de trouver cette femme invulnérable, l'orgueil est une
superbe chose, et vous savez mieux que moi
pourquoi vous en avez... mais votre Oliva est
moins belle que Mⁱˡᵉ Hermangarde de Polastron, la fiancée de M. de Marigny, et le diable
m'emporte, il en est fou... de *manière que*...

— ... de manière que Vellini, qui est vieille
et laide, interrompit-elle avec ironie, n'a plus
qu'à se jeter par la fenêtre si elle aime encore
M. de Marigny? »

Il y avait de l'amertume dans sa voix en
parlant ainsi au vicomte, mais nulle colère n'en-
flammait ses yeux noirs, profonds comme le
velours qui absorbe la lumière sans la renvoyer.
Ils étaient ternes, las, ennuyés, mais calmes.

comme ils étaient quand le vicomte était entré.
Et le pauvre homme était si ébahi de ce calme
imprévu, qu'il n'avait jamais poussé plus labo-
rieusement contre sa joue une langue réduite à
manquer de réplique. Il s'attendait à une colère cramoisie et il en aurait joui en amateur
et en connaisseur véritable. Au lieu de cela, il
se trouvait que la señora avait le caprice du
plus beau sang-froid... C'était désappointant !

« La conclusion serait un peu dure, dit de
Prosny qui ne savait que dire...

— Si ! fit-elle en changeant de ton et de
posture, mais heureusement ou malheureusement, reprit-elle d'une note moins sonore, il
n'y a point de conclusion ! »

Elle fit un petit mouvement d'une impertinence adorable et jeta en l'air du bout de son
pied sa pantoufle, qui, après deux tours vers le
plafond, alla retomber sur le lit. Son mouvement découvrit une délicieuse jambe de pro-
messe et de perdition qui donna comme un
soufflet du diable dans les yeux alléchés du
vicomte de Prosny. C'était une de ces jambes
tournées pour faire vibrer, dans les plus folles
danses de l'amour, le carillon de tous les gre-
lots de la Fantaisie, et autour desquelles l'imagination émoustillée s'enroule, frétille et se tord
en montant plus haut, comme un pampre de
flamme monte autour d'un thyrse. L'Espagne

avait autrefois failli d'être perdue pour une jambe pareille, lorsque la voluptueuse Cava mesurait la sienne avec des rubans jaunes aux yeux fascinés du roi Rodrigues, embusqué derrière sa jalousie.

« Pécayère ! fit le vieux Prosny, en flûtant sa voix libertine.

— Eh bien, après ? dit-elle d'un ton sec en roulant d'un revers de sa main les plis de sa robe autour de ses chevilles, et avec une expression d'yeux à rappeler au vicomte Chastenay de Prosny qu'il n'était pas le roi Rodrigues, mais un diplomate en fonctions.

— Vous voilà maintenant le pied nu, reprit le vicomte rentré dans le sentiment de son rôle, mais resté sous l'empire de la grâce physique qu'elle avait, vous voilà le pied nu comme une magicienne qui *va faire son charme...* Il se souvenait du mot de talisman employé par Mᵐᵉ d'Artelles, — et vraiment il faut que vous en ayez un bien puissant et bien subtil pour n'avoir pas peur de la belle Hermangarde de Polastron.

— J'en ai un ! » dit-elle d'un air mystérieux et fin, en mettant son doigt sur la bouche, comme une des sorcières de Macbeth.

Se moquait-elle de lui ? ou, comme les femmes de son pays méridional, avait-elle quelque superstition à laquelle elle rattachait son union avec Marigny, et qui, pour elle, en sauvegardait la durée? Elle avait, avec son front ténébreux, je ne sais quoi de sauvage, de bohémien, d'étrange. Elle chantait souvent une espèce de ballade, qu'étant grosse d'elle, sa mère avait entendue, un jour qu'elle avait donné l'aumône, sous le porche d'une église, à une Gitana accroupie qui la fixa de ses longs yeux de feu, tout en lui tendant sa main sèche. Elle ressemblait beaucoup à cette femme, lui avait répété sa mère. La ressemblance était-elle aussi à l'âme? Et comme la peuplade vagabonde à laquelle appartenait cette mendiante, l'amour des croyances merveilleuses asservissait-il sa pensée?

Mais le vieux débauché du XVIIIᵉ siècle ne vit rien de cette poésie mᵉlte, qui, par hasard, se rencontrait rue de Provence, n° 46, au sein de la plus spirituelle et de la plus prosaïque des villes de la terre. Il ne vit dans tout cela que des réalités piquantes, l'esclavage des plaisirs dépravés. Il interpréta avec son imagination corrompue le mot et l'air de la señora :

« Vous êtes deux grands scélérats! dit-il avec une gaieté qui n'excluait pas la convoitise, en pensant à Marigny et à elle. Pour tenir si bien l'un à l'autre, il faut qu'il y ait des crimes entre vous! »

V

Les adieux.

E vicomte de Prosny resta jusqu'à
onze heures et demie chez la señora,
mais en vain eut-il la finesse de
l'ambre dont il était parfumé, il ne
put pénétrer la secrète pensée de
Vellini. Il n'était pas bien sûr qu'elle ne fût
pas désespérée, et il n'était pas sûr non plus
qu'elle n'affectât pas la sécurité. S'il ne lui avait
pas appris le mariage de Marigny, si vraiment
elle le savait, la pensée de Mme d'Artelles ne se
réaliserait donc jamais? Comment expliquer
que la señora restât tranquillement sur sa peau
de tigre, au lieu de devenir tigresse elle-même,
au lieu de se répandre en de tels éclats que
Mme de Flers fût parfaitement convaincue du
danger et du ridicule qu'une femme de ce genre
jetterait sur Hermangarde, si elle épousait
Marigny?... Dans tous les cas, c'était une dé-

ception complète. Elle n'avait pas même bougé ;
elle n'avait pas crié ; elle n'avait rien cassé ; elle
n'avait pas enfin eu l'ombre d'une de ces belles
colères à la Charles le Téméraire, après Gran-
son, qu'il lui avait vues autrefois ; car la Vellini était effroyablement violente, pour des sujets, selon lui, de bien moindre importance.
Les résultats de sa première visite n'étaient pas
brillants ; il le sentait bien. Aussi eût-il été
d'une humeur massacrante, s'il n'avait pas ad-
mirablement digéré.

En s'en allant, il rencontra M. de Marigny
sur l'escalier. Ils se voyaient souvent dans le
monde. Ils se saluèrent en s'abordant.

« Eh ! eh ! dit M. de Prosny en ricanant de
sa bouche vide, vous êtes donc un infidèle ce
soir à votre belle fiancée, monsieur de Marigny ? Vous n'êtes donc pas chez Mme de Flers ?

— Ni vous, monsieur, répondit Marigny
d'un ton froid et caustique, chez Mme d'Artelles ?

— J'y ai dîné, reprit le vicomte, mais après
le café et pour prendre un peu l'air, que j'aime
à prendre quand j'ai dîné, je suis venu faire une
petite visite à la señora. Il y avait longtemps
que je ne l'avais vue et je l'ai trouvée bien
vieillie, bien changée, cette chère señora, — et
il poussa sa joue avec sa langue, comme s'il
eût été réellement stupéfait du changement de

Vellini! Avec votre mariage auquel elle ne devait guère s'attendre, ni vous non plus, vous allez lui donner le coup de grâce à la pauvre diablesse, *de manière que... de manière que...* j'ai pensé qu'une visite de condoléance...

— ... faite à l'avance, interrompit Marigny.

— ... serait une attention de la part d'un ancien ami, reprit le vicomte, sans avoir eu l'air d'entendre ce que M. Marigny avait ajouté, car, après tout, j'ai toujours aimé la señora, une bonne fille au fond, quoique vive comme le salpêtre, mais une bonne fille, comme je le disais. D'ailleurs laquelle, même la plus douce de ces pauvres brebiettes du bon Dieu, se verrait tranquillement planter là, après une emphytéose de dix ans? Dix ans! par le ciel! c'est une prescription, cela, c'est presque un droit de propriété incommutable de *manière que...* je parierais un bon coup d'épée (l'ancien bretteur se retrouvait toujours chez le vieux Prosny) que vous ne serez pas quitte de si tôt du chat enragé qu'elle va vous jeter aux jambes, mon pauvre Marigny?

— Vous croyez? dit Marigny avec une légèreté assez méprisante. Eh bien, c'est ce que nous verrons, monsieur de Prosny. » Et il le salua, continuant de monter l'escalier, pendant que le vicomte le descendait, grommelant dans les plis de son manteau, sous lequel il avait

coulé son nez comme un héron fourre son be·
aigu dans ses plumes :

« Si elle s'est tue, cette infernale señora
qu'il faudrait soumettre aux tortures de l'Inqui·
sition si on voulait la faire aller à confesse
j'en ai dit assez, moi, pour qu'elle reçoive ce
Marigny, qui a l'air de ne douter de rien, sur
un fier épieu! Allons, allons, il y aura ce soir
de la discorde dans Agramant!

— Vieille et taquine espèce! » pensa Mari·
gny, montant toujours. Il n'aimait pas cette vi·
site, faite à sa maîtresse par le vicomte après
un éloignement si prolongé. Il connaissait l'an·
tipathie, si voilée qu'elle fût, de Mme d'Artelles.
Il se douta de quelque manigance dont l'an·
cien cavalier servant de la comtesse était
l'instrument. Quand il entra chez la señora et
qu'il surprit l'attitude et la physionomie de
cette dernière, il n'eut plus de doutes, il vit
clair.

La Vellini était retombée sur sa peau de
tigre après le départ du vicomte. Elle n'y était
plus à moitié soulevée, mais couchée à plat sur
le dos comme une morte ou comme une mou·
rante. Elle avait mis un mouchoir sur sa figure
pour cacher sans doute ses impressions à Oliva.
Elle était tellement accablée, ou tellement re·
foulée sur elle-même, qu'elle n'entendit peut·
être point le pas si connu de Marigny, quand

il souleva la portière et qu'elle resta gisante, immobile et voilée.

Il y avait dans ce torse ainsi jeté, si délié et si souple, une contraction qui n'échappa point à Marigny, et qui accusait l'effort intérieur ou l'angoisse.

Il s'approcha, la prit subitement et doucement par-dessous les reins et l'enleva ainsi avec sa peau de tigre, comme une mère enlève son enfant dans la mante où elle l'a couché.

« Tu souffres? qu'as-tu? lui demanda-t-il en arrachant son mouchoir.

— Je n'ai rien, » dit-elle, prête à l'imposture, cachée, pensait-elle, par sa volonté sous son frêle masque de batiste.

Mais lui, la portant devant une glace :

« Regarde comme tu mens ! » dit-il, en opposant le visage livide à la parole indifférente.

Groupe fier et beau, après tout, que cette femme aux pieds bruns et nus, au visage tourmenté, aux larmes dévorées, dans les bras de cet homme sympathique à sa douleur cachée, debout, la tête nue, enveloppé encore du manteau qu'il n'avait pas pris le temps de détacher et sur les pieds duquel pendait avec ampleur la peau de tigre, aux griffes d'or.

« Laisse-moi, Ryno ! » fit-elle avec un soubresaut violent, comme honteuse de la trahison de son visage.

Ryno, c'était le nom de M. de Marigny. Né
dans les dernières années de l'Empire, époque
où les poésies d'Ossian avaient un succès impérial, on l'appela comme un des héros de
Macpherson. Ridicule pour tout autre que lui,
ce nom idéal allait bien à la taille et à la figure
d'un homme d'une distinction presque grandiose et dont la vie, les ressources et les aventures étaient entourées d'un nuage.

Il était probablement accoutumé aux façons
sauvages de la señora, car il la contint sur sa
poitrine, avec effort, il est vrai, mais il la contint.

« Non, non ! dit-il, pourquoi veux-tu m'é-
chapper ? Qu'est-ce que cette commère de
vicomte est venue te conter pour bouleverser
ainsi ce méchant front-là ? ajouta-t-il avec une
gaieté sans accent sincère, en s'asseyant sur le
divan et en la prenant sur ses genoux.

— Il ne m'a dit, répondit-elle gravement, que
ce que je sais, que ce que tu m'as dit toi-même.
Il a cru m'apprendre quelque chose en m'apprenant ton mariage avec mademoiselle de Polastron.

— Ame fière, il t'aura blessée ! fit Marigny.

— Moi ! dit-elle avec des yeux d'éclairs et
une voix digne de Médée. Est-ce que les âmes
fières sont à la disposition du premier venu qui
veut les faire souffrir ? » Et le dédain se gon-

flant en elle lui donna cette beauté sublime qui, sans cesse, communiquait soudainement à cet être, laid et chétif, une incroyable toute-puissance.

M. de Marigny fut-il dominé par l'impression de cette beauté qui s'allumait comme un flambeau, ou par un de ces souvenirs qui renouvellent le passé même ? Toujours est-il que l'amoureux de la belle Hermangarde fit à sa fiancée l'infidélité d'un baiser.

Il lui fut rendu avec fureur, mais comme si l'amour et la haine étaient en Vellini autant que la laideur et la beauté :

« Laisse-moi ! répéta-t-elle encore, cette fille de tous les contrastes, je ne veux pas de tes baisers, tu m'es odieux, je te déteste. »

Disait-elle vrai ?... Quelquefois les femmes ont de ces mots contradictoires qui donnent aux caresses quelque chose de plus involontaire. L'orgueil de l'amant y gagne ; la volupté aussi, mais elle ignorait ces calculs.

« Oui, je te déteste ! reprit-elle, toute pâle de de ce baiser convulsif. Je te hais comme tout être fier, fait pour être libre, doit haïr la destinée qui l'opprime. Tu es la mienne depuis si longtemps ! Le seras-tu toujours ? N'y aura-t-il pas un moment dans la vie où tombera la chaîne que je porte ?

— Crois-moi, Vellini, il y en aura un ! »

reprit Marigny sans étonnement, sans colère.

Couple étrange qui parlait ainsi, avec des lèvres qui venaient de se joindre, plus fabuleux à ce qu'il semblait, que les monstres sur le dos desquels il était assis!

« Ah! je ne te crois pas, fit-elle, n'ai-je pas essayé cent fois de m'affranchir entièrement de toi? Toi aussi, n'as-tu pas essayé de mettre en pièces ce lien funeste? Avons-nous pu jamais, Ryno? N'est-il pas resté sur nous, autour de nous, en nous, comme les nœuds redoublés d'un serpent? Rien n'y a fait. Ni la douleur venue par toi, ni le bonheur venu par les autres. J'ai bien souffert de ton abandon, quand tu m'as quittée pour des femmes plus jeunes et plus belles; mais enfin je me suis consolée. J'ai aimé aussi, ou du moins j'ai tâché d'aimer aussi de mon côté comme tu aimais! Eh bien, cette liaison brisée s'est toujours renouée pour se briser et se renouer encore. Était-ce caprice? Était-ce habitude? C'était quelque chose de plus ou de moins que l'amour! Tu me revenais quand je t'attendais, comme si nous avions deviné, moi, ton retour; toi, mon attente! Aujourd'hui tu te maries à une jeune fille aimée. Moi, je suis bien sûre de ne plus t'aimer, et pourtant nous voici tous deux à la même place que depuis dix ans! Avant que tu ne fusses entré, j'avais bien raison de dire au vicomte, qui croyait me percer le cœur en m'apprenant ton mariage, qu'il n'y avait point de dénoûment possible à cette fatale et triste liaison !

— Il faut pourtant qu'il y en ait un, Vellini, dit Marigny avec le ton résolu d'un homme qui se reprocherait une faiblesse. Si nous avons cessé de nous aimer, du moins nous sommes restés sincères. On ne trompe pas quand on a l'âme un peu haute et quand d'ailleurs on ne s'aime plus. Ce soir, Vellini, j'étais venu pour faire ce que je n'ai pas fait avec toi, chaque fois que je t'ai quittée, pour te faire un suprême et dernier adieu.

— La force de ton âme t'abuse, Ryno, fit-elle avec une foi désespérée, si tu crois à des adieux éternels. Tu me reviendras ! Je te le dis sans frémissement de joie, sans orgueil, sans triomphante jalousie ; tu passeras sur le cœur de la jeune fille que tu épouses, pour me revenir.

— Non, dit-il, non ! je sais ta puissance, Vellini ; mais j'aime cette enfant chaste et charmante, fille d'un monde défiant et qui cependant s'est confiée. Je ne saurais l'exposer à souffrir des douleurs immenses pour prix de m'avoir aimé et choisi.

— C'est bien ; dit-elle : c'est noble et loyal à toi, que de penser cela. Mais combien as-tu aimé de femmes depuis dix ans pour te donner

le droit de croire à la durée des mouvements
les plus généreux de ton cœur?

Ah! répondit Marigny avec une profondeur exaltée, je n'ai jamais aimé personne comme
elle, pas même toi, Vellini, pas même toi! Les
sentiments que tu faisais bouillonner dans mon
cœur à vingt ans, elle les a fait renaître dans
un cœur de trente, vieux et usé. Elle a ressuscité
en moi la faculté d'aimer et elle l'a rendue
aussi fraîche, aussi abondante, aussi pleine que
dans les premiers moments de la jeunesse et
de la vie. Non, je n'ai jamais aimé personne
d'un pareil amour! Les sens, l'imagination, le
caprice, les besoins du cœur qui ne meurent pas
tous le même jour, m'ont entraîné de bien des
côtés différents. Mais je gardais toujours une
partie de moi-même. C'était cette moitié qui
te revenait, Vellini! Aujourd'hui tout retour
devient impossible. Hermangarde m'a tout entier.

— Jurerais-tu de cela? dit-elle avec un sourire incisif dont il comprit la raillerie.

— Ah! le baiser de tout à l'heure! fit-il;
mais n'ai-je pas dit que je sais ta puissance,
ta puissance inouïe par moments, invincible,
étrange, inexplicable, qui n'est pas l'amour,
qui n'est même pas le souvenir de l'amour?
C'est cela même que je veux fuir, Vellini. Je
ferai mieux que ce sultan qui mettait un sabre

entre lui et sa maîtresse. Je mettrai entre nous l'absence, le meilleur glaive qu'il y ait pour couper tous les liens du cœur.

— Eh bien! puisses-tu dire vrai, après tout, s'écria-t-elle, puissions-nous vivre éloignés, toi heureux, et moi du moins libre! Nous ne devions pas nous aimer, tu le sais : tant qu'il a duré, notre amour n'a produit qu'orages, des ivresses folles et des angoisses infinies. Quand il a cessé, il nous est resté les angoisses; et si d'anciennes et d'incompréhensibles ivresses les ont parfois traversées, ah! que nous les avons maudites! Quelle vie, mon Dieu, nous avons menée! rien entre nous n'a été paisible. Tout a été trouble, querelle, insomnie. Pourquoi, Ryno, nous aimions-nous? Nos âmes se choquaient à travers les embrassements de nos corps. Elles se ressemblaient trop. Je suis aussi fière que toi, aussi impérieuse que toi. C'est peut-être ce qui explique cette trop longue intimité agitée et cruelle; mais si c'était là, Ryno, ce qui devrait l'éterniser? Peut-être me revenais-tu parce que ton âme orgueilleuse n'avait pu abaisser la mienne, et t'en retournais-tu de fatigue de n'avoir pu la plier et la surmonter? Ah! ce qu'il te faut, mon ami, c'est une femme douce et tendre qui aime avec abnégation ; c'est une âme sur qui tu règnes et avec qui tu puisses te montrer généreux.

— Je l'ai trouvée, dit Marigny. Je l'épouse-
rai dans quelques jours et je partirai avec
elle.

— Adieu donc, Ryno! fit Vellini; va-t'en,
laisse-moi pour toujours. Tu vois, je ne suis
plus jalouse. Cette Hermangarde de Polastron
dont tu parles avec l'enthousiasme de tes
jeunes années, m'inspire moins de jalousie que
cette comtesse de Mendoze que peut-être tu
n'aimais pas. J'ai le calme des choses éteintes.
Florinda perdio su flor. Oui, adieu, Ryno, tu
peux partir. Tu as raison; s'il est un moyen
humain de clore une relation qui a trop duré,
c'est de s'éloigner l'un de l'autre. Si tu restais,
serait-il sûr que l'ennui de ton âme ne te
repoussât pas un soir chez la triste Vellini?
Nous reprendrions le joug exécré. Hélas! il
m'est impossible de ne pas croire que nous le
reprendrons un jour. Tu sais pourquoi? ajouta-t-elle en mêlant à son regard un profond
sourire.

— Eh quoi! *toujours cette folie?* dit Ryno.

— Oui, toujours! mais va, ce n'est pas une
folie, » fit-elle avec un accent bas comme celui
de la destinée, quand elle nous parle au fond
du cœur.

Elle n'avait plus le ton hautain qu'elle avait
pris avec le vicomte de Prosny. Elle exprimait
les mêmes sentiments, mais ce n'était plus

l'accent si ferme, la tête si droite. Elle était
revenue à la vérité de sa tristesse. Cœur fier,
elle n'avait point à cacher sa blessure à Marigny. Elle pouvait montrer sa fatigue. Ne la
partageait-il pas ? Ne souffrait-il pas du même
esclavage ? N'était-ce pas de sa part, comme
de la sienne, la même ardente envie de s'en
affranchir ?...

Ce furent de longs et de froids adieux. Il
n'y eut ni larmes, ni étreintes, ni sanglots
étouffés, ni dernières caresses. Marigny était
redevenu l'amant d'Hermangarde. La beauté
instantanée de Vellini s'était perdue dans l'ac-
cablement de son âme. Elle n'avait plus aucun
prestige. Elle était désarmée jusque de cette
haine dont elle parlait, il n'y avait qu'un moment encore, tout en se cabrant sous un baiser
de feu. Elle était morne comme le dégoût.
Ramassée sur elle-même, sans pâleur éloquente, sans vermillon à la joue, froncée, cris-
pée, jaune comme une feuille flétrie qui prend
chaque jour plus de poussière dans ses plis, la
tempe creuse, les lèvres rigides, les sourcils
entassés sur ses yeux sinistres, elle ressemblait
à la Maugrabine qui avait tant frappé l'imagination de sa mère ! L'impression qu'elle causait
à son ancien amant était glacée ; il ne la tenait
plus sur ses genoux ; leurs bras s'étaient dénoués, et ils étaient placés assez loin l'un de

l'autre sur le divan verdâtre, sur ces hippogriffes, symbole d'un caprice qui ne les enlevait
plus sur ses ailes !

Combien de temps demeurèrent-ils dans ce
silence, gros de pensées ? ils ne le surent pas.
Mais la nuit s'avançant, Oliva, étonnée de ne
rien entendre venir de l'appartement de sa
maîtresse, entra et les vit debout, tous les
deux, auprès du feu qui s'éteignait. M. de
Marigny ramenait à ses épaules le manteau
tombé sur le divan. Il allait sortir. Quant à la
señora, elle était impassible.

« Éclairez M. de Marigny, fit-elle à Oliva,
et en revenant apportez-moi une cassette de
bois de santal, posée sur l'étagère de ma
chambre.

— *Buenas tardes !* ajouta-t-elle dans sa
langue, comme elle disait à Marigny depuis
des années, chaque soir qu'il allait la quitter.

— *Conqué vamos !* » répondit-il avec un accent qu'il tenait d'elle. Et, sans lui prendre
une main qu'elle ne lui tendit pas, il suivit
Oliva, dans une disposition singulière et entre-
mêlée que connaissent seuls les hommes qui
ont rompu avec ce qui fut longtemps la vie et
qui ne peuvent plus s'attendrir.

Oliva revint avec sa cassette.

« Rallumez le feu, » dit la señora, et elle
ouvrit le précieux coffret.

Elle en tira un médaillon enchâssé dans de l'or. C'était un riche portrait de Marigny, porté autrefois, mais qu'elle ne portait plus.

Le feu reflambait, grâce à Oliva.

Alors, avec un mouvement de panthère, la Vellini précipita dans la flamme le médaillon, portrait, or et tout. L'or fondit, mais comme si la frêle image déjà dévorée n'eût pas brûlé assez vite au gré de son brutal caprice, elle saisit la barre de fer au foyer et frappa avec furie la place où elle avait disparu, brisant, écrasant, broyant les charbons enflammés. Chose inouïe! elle redevenait belle. Dans l'emportement de son action, la tresse de ses cheveux s'était détachée et pendait sur sa maigre épaule. Le brasier dévorant était pâle en comparaison du feu qui lui sortait par les yeux.

Elle broyait... broyait. Pour un fait à peu près pareil, lord Byron avait été jugé fou par la sagace et raisonnable Angleterre; mais Oliva, malgré ses cheveux d'or brûlant, n'était pas Anglaise. Elle servait la señora depuis quatre années, et elle lui laissa passer sa fantaisie sans stupéfaction et en silence... Elle en avait vu bien d'autres, sans doute...

« Señora, dit-elle quand la barbare eut fini sa destruction, M. de Cérisy vous attend dans le salon.

— Que m'importe ! fit l'impérieuse Espagnole, qu'il attende ou bien qu'il s'en aille, je
veux passer la nuit ici ! » Et elle prit dans
l'écrin resté ouvert un petit flacon taillé à
facettes. Elle en souleva le bouchon et but
d'un trait ce qu'il contenait.

« Mais, señora, dit la suivante, il s'impa-
tiente depuis deux heures. Il vous a demandée
dix fois.

— Tant pis ! dit-elle avec la fierté de la
délivrance ; je suis libre, je n'obéis plus à
personne. Et elle se coucha sur le divan.

L'orgueil trompait l'orgueil en elle, car à
qui, si ce n'est à elle-même, avait-elle jamais
obéi ?

VI

La curiosité d'une grand'mère.

E tous les bonheurs qui se payent, le plus joli, le plus gracieux et le plus pur, mais aussi l'un des plus chers, c'est le bonheur qui précède le mariage, qui le précède seulement de quelques jours. C'est vraiment délicieux ; rien n'y manque, pas même cette ombre de mélancolie qui veloute le bonheur, comme certain duvet veloute les pêches, quand on se retourne vers sa vie de garçon, du milieu des bijoux et des bracelets qu'on achète, anneaux symboliques, emprises pour deux ! Chaque matin, on envoie pour soixante francs, ou davantage, selon la saison, des plus belles fleurs à sa promise, qui les effeuille en rêvant tendrement aux dentelles de sa corbeille ; dernier rayon de chevalerie, mourant sur des fleurs qui vont mourir ! der-

nier hommage que les hommes égoïstes offrent
encore à la femme qu'ils aiment, ou qu'ils
n'aiment pas, mais qu'ils épousent!

Ce culte pieux rendu à la jeune vierge qui
va devenir une madone, M. de Marigny, l'un
des *beaux* de ce temps, le pratiquait avec une
ferveur d'amabilité d'autant plus grande qu'elle
prenait sa source dans un amour vrai. Ce que
tant d'hommes froids font par bon goût, par
orgueil ou par un sentiment supérieur d'élégance, il le faisait, lui, pour toutes ces raisons
et pour une autre, qui est la meilleure, la raison des cœurs bien épris. En dehors de
l'amour, il eût encore été, au point de vue du
monde et de ses appréciations, le plus charmant des fiancés, mais il aimait... et cet
amour donnait aux moindres détails une valeur
infinie, et transfigurait les bagatelles. Son sentiment, frémissant et contenu par ces bar-
rières de cheveux que l'on appelle les convenances, jetait sur toutes choses l'écume brillante de ses ardeurs dévorées, de ses docilités
douloureuses. Il attestait sa force par la souplesse de son obéissance, et ne pouvant se
parler dans les bras, il se parlait aux pieds
et s'inventait des langages pour remplacer
cette grande langue qui lui manquait encore
et dont il ne devait prononcer les mots trop
brûlants que dans quelques jours. Aussi, à

tout moment, Ryno de Marigny entourait-il
Hermangarde de ces mille délicates attentions
qui traduisent l'idée fixe autour d'une femme en
ravissantes et légères arabesques, qui la chiffrent
sous chaque regard et sous chaque pas, et il mêlait
tellement son âme à ces soins officiels et obligés
pour tout homme du monde, et qui sont souvent les truchements d'un cœur qu'on n'a pas,
qu'on y sentait comme un avant-goût des
caresses. Les petits soins sont les grands pour
les femmes. Sachant mieux que les hommes
jouer avec leurs sentiments les plus sérieux
sans les diminuer, elles sont en général très-
sensibles à l'expression d'un sentiment plein
de vigueur et de fougue, qui ajoute à sa magie
celle de la légèreté et de la grâce. Cela était
vrai surtout pour la marquise de Flers. Née
sous Louis XV, le Bien-Aimé, elle était plus
femme qu'une autre femme, et elle admirait
bien plus qu'Hermangarde, trop enivrée pour
rien discerner, les ressources de cet amour
toujours éloquent dans ses façons multiples de
s'exprimer et qui, Protée changeant et présent,
avait l'art des métamorphoses.

Et cependant, quoique sous le coup de ces
impressions sans cesse renouvelées, Mme de
Flers gardait dans son cœur le souvenir
alarmé des paroles de Mme d'Artelles! Elle n'a-
vait point agi encore vis-à-vis de son futur

petit-fils. Pourquoi avait-elle attendu? L'espoir qu'elle avait eu d'abord de tout éclaircir
et de tout savoir était-il détruit? Y avait-elle
renoncé? Quand elle aurait voulu oublier les
confidences de son amie, elle ne l'aurait pas
pu avec une femme aussi prévenue que la
comtesse, qui perpétuellement la harcelait,
qui perpétuellement venait tendre sa toile
d'araignée autour d'elle avec la persistance
de l'habitude, qui lui promettait des renseignements *certains* sur cette liaison toujours
subsistante entre Vellini et Ryno, qui ne
les lui donnait pas, mais qui allait toujours
les lui donner. D'ailleurs Mme de Flers ne
se dissimulait pas qu'une telle liaison, si elle
existait, exposerait Hermangarde à l'un de ces
malheurs pour lesquels le monde n'a que des
plaisanteries cruelles ou une fausse pitié.
Mme d'Artelles, de son côté, ne voyant pas
venir ces renseignements qu'elle annonçait à
grands sons de trompe, cornés journellement
aux oreilles de son amie, devait craindre que
l'indulgente marquise ne fût retombée tout
doucettement sur le duvet de sa première sécurité. Comme on l'a vu, le furet de la comtesse
d'Artelles, M. de Prosny, avait fait une chasse
malheureuse. Vellini n'avait donné aucune
prise sur elle. Elle n'avait montré ni amour
blessé, ni ressentiment, en apprenant le ma-

riage qui, selon les prévisions de la comtesse et du vicomte, lui devait faire pousser des cris d'aigle abandonnée! Depuis sa première visite, M. de Prosny était retourné chez la *créature*, comme disaient ces aristocrates de naissance et d'hypocrite moralité; mais avec sa taquine finesse, le tact animal de la femme, qu'elle possédait à un degré très-éminent, la *créature* avait dépisté le très-noble et le très-rusé vicomte. Il ne savait pas la rupture consommée de gré à gré entre les deux amants. « Marigny, disait-il à Mme d'Artelles et à Mme de Flers qui lui laissaient son franc parler, aura donc une jeune femme et une vieille maîtresse. J'ai connu de ces palais blasés qui revenaient au piment, après avoir mangé des ananas. » Ces dames se récriaient à ces horribles paroles, mais elles étaient une raison de plus pour que la marquise de Flers prît enfin une résolution.

Elle la prit en femme d'esprit et de cœur qu'elle était. Elle abandonna ce système de ruses, d'espionnage, de fausse finesse, qui avait tenté Mme d'Artelles, et elle pensa qu'il valait mieux aller droit à la difficulté et vivement. Elle s'arrêta à ce qu'il y avait de plus simple, et abandonna sans efforts toutes les petites complications : agissant, en cela, comme les plus grands diplomates qui, contrairement

à la réputation qu'on leur fait, ne rusent
presque jamais, mais l'emportent, dans toute
affaire, par la netteté de leur décision. Au
fond, elle estimait beaucoup M. de Marigny,
sans raison tirée des faits extérieurs, mais
d'intuition, de pressentiment, à la manière des
femmes qui ont du tact. Sur des organisations
d'un ordre élevé, Marigny ne manquait jamais
d'agir avec une énorme puissance. Il n'avait
d'ennemis que les gens vulgaires. Même phy-
siquement, il les choquait. Oh! mon Dieu,
oui! il les choquait, ces délicats! Il fallait les
entendre. On le critiquait dans sa mise, dans
sa physionomie, dans sa personne extérieure,
la pire critique pour les gens du monde. Quoi
d'étonnant? avec les mœurs égalitaires et
jalouses de notre temps, il y a des physionomies qu'on voudrait briser comme une cou-
ronne. C'est de la royauté de droit si divin
pour cette plèbe qui n'y croit plus! M. de
Marigny avait l'éclatant malheur et le danger
d'une de ces physionomies réparties non-seulement dans les traits de la face, mais dans le
corps, les attitudes, l'être tout entier. Aussi,
qu'on écoutât les commères, mâles et femelles,
qui imposent leur jargon aux opinions des
salons de Paris, que ne disait-on pas de lui?
Le voile diaphane et brun délicatement lamé
d'or de la moustache orientale qui lui retom-

bait sur la bouche, cachait mal le dédain de
ses lèvres ! Ses cheveux, qu'il portait longs et
qu'il soignait avec un culte indigne d'un
homme d'esprit, répétaient gravement les
caillettes, donnaient une expression trop théâ-
trale à cette figure où les clartés de l'intelligence se jouaient dans l'ombre creusée des
méplats ! Enfin, ses yeux, la seule chose qu'il
eût vraiment belle, ses yeux qui avaient soif de
la pensée des autres comme les yeux du tigre
ont soif de sang, étaient par trop insolemment
immobiles ! Tout cela n'était pas *gentleman-like,*
sifflaient les linottes du dandysme, du haut de
la cravate où perche leur insignifiance. Mais
les femmes savaient une réponse... une réponse
qu'elles ne faisaient pas. Comme la fille de la
Fable, elles aimaient cet amoureux à *longue
crinière.* Elles avaient vu tant de fois se tourner vers elles, humbles et caressantes, ces
dures prunelles fauves qui, dans leurs paupières
sillonnées et lasses, avaient la lumière rigide
du désert dont le vent a ridé les sables ! Pour
peu qu'elles sortissent de la ligne commune,
elles subissaient l'influence de la force aiman-
tée qu'il y avait en Marigny. Il avait vécu ici
et là. Brouillé, on ne savait trop pourquoi,
avec sa famille, il avait disparu de Paris à
plusieurs reprises, puis il y avait reparu. Sa
vie était donc comme un gouffre. On n'y

voyait pas très-clair. Le fond de ses sentiments était un autre abîme ; mais à travers
ces obscurités, on reconnaissait en lui cette puissance qui vaut mieux que l'emploi qu'on en
fait. Semblable à tous les ambitieux trompés
par la vie, à toutes les âmes fortes dépaysées
par les circonstances, il s'était rejeté à des
dédommagements qui n'en sont plus, l'ivresse
passée ; mais sous les mollesses oisives du
libertin, un observateur aurait vu *un de ces
hommes*, comme l'a dit Shakespeare, *dans
lequel chaque pouce est un homme*. Mme d'Artelles, qui se piquait de jugement, avait montré assez de coup d'œil, lorsqu'elle avait dit
qu'avec les femmes il n'était qu'un ambitieux déplacé, un conquérant, plus pour l'exercice du pouvoir que pour les jouissances de
l'amour. Mais ce qu'elle n'avait pas vu avec la
même pénétration, c'est que dans cet ambitieux de la race de César, il y avait aussi des
entrailles. Comme Macbeth, il avait sucé le
lait de toutes les tendresses humaines. C'était
un homme grand, mais après tout un homme,
et non pas un de ces dieux d'airain comme en
forge la poésie moderne, et qui ne sont pas
plus vrais, selon nous, que les magots de la
Chine ou les pagodes en porcelaine du Japon.

La marquise de Flers ne confia point à son
amie le projet qu'elle avait formé de s'ouvrir

franchement à M. de Marigny, au nom du
bonheur d'Hermangarde. Seulement, un jour,
elle annonça qu'elle irait à l'Opéra, la première fois qu'on jouerait *Guillaume Tell,* et elle
dit à Marigny : « Vous nous conduirez. » Pour
les habitués de l'hôtel de Flers, ce projet
d'Opéra fut presque un événement. Depuis
longtemps, en effet, la marquise avait renoncé
à tous les spectacles. Elle aimait mieux veiller
et causer chez elle. Les spectacles ne peuvent
plaire qu'à deux sortes de femmes : les très-
belles qui s'y montrent, et les très-indolentes
qui n'y vont que pour écouter et rêver. Or, la
marquise n'était plus dans la première catégorie de ces femmes-là, et elle n'avait jamais
été dans la seconde. « Mes enfants, dit-elle à
Marigny et à Hermangarde, je veux, avant
votre mariage, montrer votre bonheur à tout
Paris. » Ce prétexte aimable avait pour motif
le désir et l'espoir de rencontrer à l'Opéra la
señora Vellini, dont le vicomte de Prosny disait
des choses si étranges. La fille d'Ève que la
vieillesse ne tue pas, mais concentre, la fille
d'Ève, curieuse jusqu'au bout, se posait inté-
rieurement cette question qui a un sexe :
Comment a-t-elle régné ? Par quels moyens
règne-t-elle encore ? Une femme comme la
marquise, à l'analyse microscopique et foudroyante, voit bien des choses où les hommes

ne voient rien du tout. Elle tenait à les voir.
De plus, elle observerait Marigny auprès
d'Hermangarde dans le hasard de ce vis-à-vis
et de cette rencontre avec une ancienne
maîtresse. Enfin, dans tous les cas, après
l'opéra, elle ramènerait M. de Marigny à l'hôtel de Flers, et quand Mlle de Polastron serait
rentrée chez elle, une explication commen-
cerait.

Il n'y eut de tout le projet que l'explication
qui fut réalisée. Le soir où Paris admirait
la belle Hermangarde de Polastron à côté de
son amoureux fiancé, dans la loge de Mme de
Flers, Vellini n'était point à l'Opéra. Le vicomte de Prosny tourna en vain ses jumelles
dans tous les sens, et mieux, appliqua, pendant les entr'actes, son œil vert et son long
bec jaune à la vitre de toutes les loges, il
n'aperçut pas la señora et ne put montrer à la
curieuse marquise cette petite femme qu'avec
le rire du vice il appelait *le flacon de poivre
rouge de M. de Marigny.* Plus heureux qu'il
ne méritait, comme l'aurait dit Mme d'Artelles,
M. de Marigny n'eut pas à redouter l'observation la plus aiguë et put savourer à son
aise la beauté de cette femme qui s'épanouis-
sait à ses côtés, pudique et heureuse. Il sentait alors quel triomphe c'est pour un homme
fier que d'épouser une jeune fille objet dès

vœux de tous, et d'incliner vers soi la balance
où sont versées la beauté, la jeunesse, la fortune et l'éclat d'un nom, avec le simple don
du ciel qui fait qu'on vous aime. Un sentiment
d'un autre ordre s'ajoutait encore à celui-là.
Sous la compression de ces mille regards d'une
salle entière qui montaient ou descendaient
vers lui de toutes parts, son amour contenu
fermentait dans sa poitrine et la gonflait de
ses bouillonnements captivés. Ah ! ne craignons
pas de l'avouer ! nous avons tant besoin de
témoins dans la vie, que le monde est souvent
un miroir concentrique qui renvoie l'amour
dans nos cœurs avec des feux de plus. Hermangarde l'éprouva aussi, ce soir-là. Elle aussi se
couronna des sensations dont elle vivait. Il ne
fut parlé que de sa beauté dans toutes les
loges. Elle avait une robe de satin bleu pâle
dans les profils miroitants de laquelle le jeu
des lumières frémissait, et du sein de tout cet
azur, la vraie parure des blondes, elle étalait
le candide éclat, la souple et douce majesté
d'un cygne vierge. La rêverie de ses yeux
limpides, la netteté de son profil de bas-relief
antique, auraient pu l'exposer au reproche de
froideur qu'encourt la trop grande perfection ;
mais le vermillon de ses joues, aussi éclatant
que la bande écarlate de ses lèvres, montrait
assez que, sous le marbre éblouissant de blan-

cheur, il y avait un sang vivant qui ne demandait qu'à couler pour la gloire de l'amour. Sa physionomie n'exprimait pas la gaieté, pleine d'éclairs, de certaines femmes heureuses; mais une ivresse profonde, accablée, qui ployait ce front taillé, à ce qu'il semblait, d'un seul coup de ciseau! Influence des sentiments les plus vainqueurs! Cette svelte fille, cette *belle guerrière,* comme dit Shakespeare, de Desdémone, avait les mouvements appesantis des êtres qui succombent sous la plénitude de leur propre cœur... Il y eut certainement, dans cette salle de l'Opéra, qui n'a cependant pas été bâtie pour que les prudes y chantassent leurs vêpres, des mots animés et piquants contre le bonheur *trop voyant* de M^llo de Polastron. En effet, il avait, ce soir-là, une expression si sublime qu'on dut le trouver indécent.

Marigny, plus fort, moins aimant peut-être, portait plus légèrement le sien. En présence de cette salle qui l'enviait et le haïssait, il ne se posa ni en Juan, ni en sultan, ni en Titan. Il ne voyait que sa fiancée et il ne s'occupait que de la vieille marquise. Il fut parfait de tenue simple et mâle. Amoureux qui résolvait le problème de l'impossible : il restait convenable, comme dit le monde, quand il était fou de bonheur, comme dit l'Amour.

Cette soirée ne fut bonne que pour lui et pour elle. Mme de Flers, un peu fatiguée, avait attendu vainement, à chaque acte, l'arrivée de Vellini. M. de Prosny lui avait indiqué la loge où elle se montrait d'ordinaire. La marquise vit avec plaisir que les yeux de Marigny ne se tournèrent pas une seule fois vers cette place vide. Mais un si faible détail ne calmait pas son inquiétude. Elle était préoccupée de cette explication qu'elle allait provoquer ; elle tremblait pour Hermangarde, pour Marigny, pour elle-même ; car elle avait mis sur ce mariage sa dernière pensée, le bonheur de ses derniers jours.

Le spectacle fini, ils retournèrent tous, excepté le vicomte, à l'hôtel de Flers. Quand la marquise eut retrouvé son grand fauteuil dans le boudoir et qu'ils eurent parlé quelque temps encore de leur soirée, elle dit tout à coup à Hermangarde :

« Il faut te retirer, ma chère enfant, j'ai à causer avec M. de Marigny.

— Vous me cachez donc tous deux quelque chose ? fit Hermangarde avec le demi-sourire d'une femme qui se sent aimée et qui devine qu'on va parler d'elle et s'occuper de son bonheur.

— Peut-être bien, reprit la marquise avec sa gracieuse finesse. Viens donc m'embrasser, ma chère enfant, et laisse-nous. »

Alors, tout à la fois, avec un geste plein de noblesse et d'enfantillage, Hermangarde plia le genou sur le coussin, brodé par elle, qui soutenait les pieds de sa grand'mère, et elle tendit le front à la marquise qui l'embrassa avec une tendre effusion.

« Ne va pas être jalouse, petite, dit Mme de Flers ; et vous, continua-t-elle, en se tournant vers Marigny qui admirait silencieusement la pose charmante de Mlle de Polastron offrant sa tête dorée à la lèvre maternelle, et dont le col incliné luttait de suave éclat avec le mantelet d'hermine qu'elle n'avait pas détaché, et vous, je vous permets de l'embrasser, là, sur le front. »

Et elle toucha l'entre-deux des longs sourcils de sa petite-fille, si ouverts par la confiance de la vie.

Marigny se pencha et obéit avec transport. Il sentit le beau front de marbre, qu'il touchait pour la première fois, résister d'abord, puis s'affaisser en arrière sous ce baiser. Quand il se releva, le marbre blanc était devenu rose, et la jeune fille troublée cachait son émotion dans ses mains.

« Bonsoir donc, maman, » dit-elle bien vite après un silence, en quittant les pieds de sa grand'mère. Elle n'hésitait plus à partir ! Après la plus innocente caresse, les jeunes filles aiment tant à se plonger dans la rêverie! La pudeur et l'amour l'entraînaient du même côté et lui créaient un besoin de solitude. Elle emportait assez de bonheur pour son insomnie, dans le souvenir de ce premier baiser!...

« Et, *vous aussi*, bonsoir ! » dit-elle lentement à Marigny, en veloutant ce *vous* de toutes les tendresses de son âme, et elle lui tendit avec mélancolie le bouquet de violettes de Parme qu'elle avait respiré tout le soir.

Puis elle disparut dans la pénombre mystérieuse de la lampe, sous les draperies de la portière, blanche et bleue et toute vaporeuse, malgré le mantelet de fourrure qui rappelait le Nord, et qu'elle portait avec tant de légèreté sur son corsage de walkyrie.

« Merci, ma mère! » dit alors Marigny, oppressé de bonheur et de reconnaissance, en prenant la main de Mme de Flers.

Mais elle, changeant subitement de ton et de physionomie, et le regardant de ses beaux yeux frais encore et animés d'une pénétration lumineuse :

« Si c'était le baiser d'adieu? » dit-elle, réfléchie, presque sévère, à Marigny qui ne comprit pas.

« Oui, si c'était le dernier baiser, reprit-elle, si vous ne deviez plus revoir Hermangarde; si maintenant tout était fini entre vous?... »

Ryno de Marigny était debout. Il tenait à la main le bouquet de la belle Hermangarde. Il eut la faiblesse de devenir pâle en entendant parler ainsi la marquise de Flers.

« Vous qui avez accepté d'être ma mère, dit-il gravement, pourquoi cette supposition cruelle ? Ne m'avez-vous pas donné Hermangarde ? et ce que vous avez lié, qui peut le délier, excepté vous ? »

Ce peu de paroles rappela la marquise au sentiment de la position qu'elle avait créée.

« Vous avez raison, répondit-elle, pas même moi !... il est trop tard ! Mais écoutez-moi, Marigny. Je suis votre vieille amie. Je vous ai choisi pour mon petit-fils, malgré les préventions de tous. Dernièrement ces préventions ont pris un si effrayant caractère ! On m'a raconté de ces choses qui mettent en un péril si certain le bonheur de ma pauvre Hermangarde, que j'ai résolu de tout vous dire pour que vous puissiez me rassurer.

— Parlez, dit-il avec un calme qui parut de bon augure à la marquise, en croisant ses bras par-dessus le bouquet de violettes de Parme qu'il mit sur son cœur.

— Répondez-moi donc franchement, reprit-elle. Vous avez été ce que le monde appelle un libertin, mais vous avez le cœur plus élevé que les mœurs. J'ai toujours eu confiance en vous,

Marigny. Est-il vrai que vous connaissez intimement une fille nommée Vellini, une espèce de femme entretenue, que sais-je, moi? et que vous viviez avec elle depuis dix ans?

— Oui, dit Marigny, cela est vrai. Cette femme a été longtemps ma maîtresse, mais elle ne l'est plus.

— Mais vous la voyez toujours! dit la marquise. Mais on dit que quand vous n'êtes pas ici, vous êtes chez elle! Mais je connais trop la nature humaine, ajouta-t-elle finement, pour ne pas savoir que se voir toujours, c'est encore s'aimer! Y a-t-il longtemps que vous n'êtes allé chez cette Vellini?

— J'y suis allé il y a trois jours, dit Marigny, et même j'ai rencontré M. de Prosny qui en sortait. Comme j'ai pénétré l'opposition très-acharnée, à mon mariage, de Mme la comtesse d'Artelles, je me suis bien douté que le vicomte, qui ne voyait plus Vellini depuis longtemps, était revenu chez elle dans de certains desseins contre moi. Je n'ai pas eu peur, pour deux raisons, ajouta-t-il avec une confiance dont il eut l'art de ne pas faire une fatuité : la première, parce que vous êtes la meilleure comme la plus spirituelle des femmes; la seconde... parce que Mlle de Polastron a la bonté de m'aimer.

— Comme il sent sa force! pensa la mar-

quise. Mais, dit-elle avec le ton léger que les
femmes de la bonne compagnie mêlent sans
inconvénient aux choses les plus graves, si la
meilleure et la plus spirituelle des femmes, à
qui vous venez d'avouer une liaison de dix ans,
ne croyait pas que cette liaison est finie, puisque vous et cette fille n'avez pas cessé de vous
voir, que pensez-vous que ferait cette meilleure
et cette plus spirituelle des femmes, monsieur
de Marigny ?

— Elle me ferait injure, voilà tout ! répondit-il avec une expression superbe. Quand je
donne ma parole d'honneur à madame la marquise de Flers, à la grand'mère de mademoiselle de Polastron, que Vellini n'est plus ma
maîtresse, je dois être cru ou je suis donc soup-
çonné de lâcheté ?

— Eh bien, je le crois, dit la marquise, mais
depuis quand ne l'est-elle plus ?

— Depuis longtemps, répondit-il, mais pourtant il faut nous entendre... »

Et il roula un fauteuil près de la marquise,
et il s'assit.

« Je veux être d'une entière bonne foi, reprit-il ; vous êtes trop au-dessus des autres
femmes pour blâmer une sincérité que vous avez
invoquée. Je dis bien ; depuis longtemps Vellini n'est plus ma maîtresse. Nous avons rompu
loyalement, d'un commun accord, entraînés

l'un et l'autre par des sentiments nouveaux. Cela eut lieu bien avant que j'eusse rencontré Mᵐᵉ de Polastron dans le monde, mais si je disais que parfois l'habitude me repoussant chez une femme, autrefois aimée, je ne sois pas retombé pour une heure sous les brûlantes impressions du passé... oh ! alors, oui... je mentirais !

— Je comprends cette distinction et je l'admets, dit la marquise, mais ni pour Hermangarde ni pour le monde, elle n'est admissible. Avec ou sans amour, cette fille, mon ami, est toujours votre maîtresse. » Et elle ajouta avec un bon sens exquis et mûri à la pratique de la vie :

« Le mal, le danger, sont bien moins ici dans les sentiments que dans la position.

— Vous avez raison, dit Marigny, mais la position est détruite. Le jour où M. de Prosny m'a rencontré dans l'escalier de Vellini, j'allais lui faire d'éternels adieux et lui dire que je ne la reverrais jamais.

— Et pourquoi n'avez-vous pas commencé par là, mon enfant ? s'écria la marquise en lui tendant la main avec une vivacité rajeunie. Combien vous m'auriez soulagée ! Vous avez noblement agi, de votre chef, sans autre inspiration que la vôtre, et dans des circonstances où cette seule manière d'agir a une signification et une valeur. Par exemple, je vous aurais

dit, moi : « Il ne faut plus revoir cette fille, »
et vous me l'eussiez promis que je n'aurais pas
été sûre de vous. Les passions que l'on croit
mortes, ne sont parfois qu'assoupies! Il y a des
retours si singuliers! Enfin j'aurais pu croire
à une condescendance. Au lieu de cela, vous
avez agi seul et je n'aurais même rien su de
votre loyale conduite si je ne vous avais parlé
la première de cette Vellini.

« Me voilà donc tranquille pour ma pauvre
enfant, reprit-elle après un court silence. Je suis
maintenant bien assurée de votre amour pour
elle ; mais vous, Marigny, êtes-vous certain que
cette fille ne fera pas quelque éclat en apprenant votre mariage ? La comtesse d'Artelles et
M. de Prosny m'ont effrayée de toutes les manières... Ils ont combiné, pour me faire peur,
le ridicule et le chagrin.

— Ils ne connaissent pas Vellini, répondit-il,
s'ils pensent réellement à quelque éclat. Vellini
est la plus fière des femmes. Quoi qu'on puisse
reprocher à l'ensemble de sa vie, quoique le
monde la condamne et la flétrisse, c'est une
créature estimable à bien des égards. Et d'ailleurs ne puis-je même vous donner toutes les
garanties contre elle en m'éloignant de Paris ?
Je lui ai dit que j'allais partir. Notre projet,
comme le vôtre, marquise, est de passer les
premiers mois de notre mariage à la campagne,

dans une de vos terres. Eh bien! nous n'en reviendrons que quand vous l'aurez ordonné.

— Ah! vous me comblez de joie, Marigny, dit Mme de Flers, mais vous me faites riche de trop de sécurités. Ce que vous me dites du caractère de cette Vellini est bien assez pour moi. Je n'aurai pas la barbarie de grand'mère, devenue la geôlière de la fidélité que l'on doit à sa petite-fille, de vous retenir loin de ce Paris que vous aimez.

— Je n'aime qu'Hermangarde, fit Marigny, mais je sens la nécessité de m'éloigner quelque temps. Quoique tout soit bien fini entre Vellini et moi, le voisinage d'une telle femme n'est bon pour personne : mais moi, plus qu'un autre, marquise, je dois la craindre et l'éviter. »

Ryno de Marigny prononça ces derniers mots avec une expression si profonde ; il était si pâle dans la lumière verte de la lampe, abritée sous son abat-jour, que les curiosités féminines de la marquise de Flers, excitées par les propos du vieux Prosny, se remirent à siffler en elle comme des couleuvres réveillées. Elle ne put s'empêcher de voir dans les paroles de Marigny la plainte d'une âme dominée par une espèce de fatalité. « Que fut donc, pensa-t-elle, cet amour étrange dont les souvenirs épouvantent et attirent un homme aussi fort que Marigny, femme par les nerfs et la mobilité,

homme par les muscles et le caractère, et d'ailleurs distrait par une passion nouvelle et
grande ? » Comme tous les êtres qui ont beaucoup vécu, elle avait vu les empires de l'amour
s'écrouler en poussière bientôt évanouie. Femme
charmante et habile, avec les ambitions les plus
légitimes de la vanité et du cœur, elle avait
régné aussi, et non-seulement elle savait la
difficulté des grands règnes, mais combien peu
dure, dans la mémoire des hommes, le respect
des pouvoirs détruits. Vellini lui revenait à la
pensée, cette Vellini qu'elle avait attendue,
vainement, un soir à l'Opéra, et que, liée par
les convenances du monde, elle ne verrait peut-
être jamais.

« Dieu ! qu'il faut que vous l'ayez aimée pour
la craindre encore ! lui dit-elle avec une portée
insidieuse, pleine de mille questions. Qu'ils
disent ce qu'ils voudront, Mᵐᵉ d'Artelles et le
vicomte, cette fille m'intéresse, maintenant que
je ne la crains plus. J'aurais désiré la rencontrer à l'Opéra. Savez-vous que j'y suis allée un
peu pour elle ?... C'est tout simple. Les femmes
n'existent que par l'amour. Celle qui s'est fait
aimer dix ans, a fait preuve d'une puissance
dont on espère saisir le mot sur son front.

— Vous auriez peut-être été bien surprise, fit
Marigny en souriant. Vous êtes plus spirituelle
que les autres, et par cela seul auriez-vous vu

davantage; mais ce qui est certain, c'est que Vellini ne justifie pas, aux yeux de la plupart, l'immense empire qu'elle exerce sur quelques-uns.

— Vous qui avez été de ces derniers, dit la marquise, vous avez donc été furieusement victime ! Vous, victime ! monsieur de Marigny ! c'est incroyable après tout ce qu'on dit de vous !

— Mon Dieu, dit Marigny, c'est comme cela. Seulement, nous l'avons été tous deux, à tour de rôle. Elle ne l'a pas été plus que moi, moi plus qu'elle. Ce serait une triste histoire à raconter.

— Racontez-la-moi, fit-elle avec les deux yeux allumés de la convoitise intellectuelle.

— A quoi bon? répondit-il.

— Si! dit-elle, ce sera de la confiance. Tout ce qu'on peut avoir pour une vieille femme comme moi, tout ce qui reste à donner à une amie qui sera votre grand'mère dans quelques jours. Faites-moi connaître votre passé et cette Vellini. Je n'en jugerai que mieux le mari choisi pour Hermangarde. J'aime à veiller. Racontez-moi cela.

— Puisque vous l'exigez, je le veux bien, » dit Marigny.

La pendule marquait près d'une heure. La marquise mit le coude sur le bras de son fau-

teuil et prit son menton dans sa main droite.
L'attention respirait dans toute sa personne.
Heureuse vieille, curieuse comme si elle avait
été jeune! et pour qui l'amour avait l'intérêt
qu'a pour les grands artistes le genre d'art
qu'ils ne cultivent plus et qui dans leur temps
les fit maîtres.

VII

Une variété dans l'amour.

OUS connaissez ma famille, dit Marigny, vous savez quelle place elle a tenue dans l'ancienne aristocratie. Lorsqu'à vingt ans je la quittai brusquement pour aller vivre à ma fantaisie, vous savez quel éclat ce fut dans ma province et dans votre faubourg Saint-Germain, où mon père avait conservé beaucoup de relations. Vous n'avez pas essayé d'en savoir davantage. Vous avez eu la distinction rare de ne jamais me faire sur ce point la moindre question. Cent femmes qui m'eussent donné leur fille, comme vous m'avez donné la vôtre, m'auraient demandé le détail d'une rupture et d'un éloignement que je crois maintenant éternels. Grâce à une intelligence qui juge les choses et les personnes en elles-mêmes, vous ne vous êtes jamais inquiétée de ce qui a

toujours prévenu contre moi les esprits les plus bienveillants. Dans tout ce que vous avez fait pour moi, c'est ce qui m'a le plus touché. Comme vous l'avez rappelé tout à l'heure, vous avez eu foi en Ryno de Marigny, malgré les circonstances, malgré sa réputation, malgré les dissipations et les torts réels de sa vie, car j'en ai eu, sans doute; je ne m'épargne pas de sévères jugements. Vous avez donc, ma véritable mère, créé en moi un sentiment analogue à celui que Mahomet exprimait quand il disait de Katidjia : « J'ai aimé des femmes plus jeunes et plus belles, mais personne comme elle, car elle croyait en moi alors que personne n'y croyait. »

Ryno de Marigny avait l'accentuation fort éloquente. Les plus simples paroles prenaient en passant dans sa bouche des vibrations extraordinaires. Ce commencement de son récit toucha jusqu'aux larmes la marquise, qui lui donna sa main à baiser. Elle éprouvait le meilleur plaisir des belles âmes, la conscience d'avoir été généreuse et d'avoir créé une affection dans un noble cœur, avec une générosité.

Marigny poursuivit après un silence :

« Rien de plus simple d'ailleurs que mon éloignement d'une famille qui ne comprenait rien à ce que j'étais et à ce que je pouvais devenir. Elle m'avait blessé dans mes ambitions,

dans mon orgueil, dans tout ce qui fait la force
de la vie plus tard. Je la quittai respectueux,
mais ferme, mais décidé à ne plus m'appuyer
que sur moi. J'étais bien jeune alors. Une
éducation compressive avait pesé sur moi sans
me briser. Quand j'ôtai mon âme de cette ca-
misole de forçat, le bien-être des fers tombés
me saisit comme une ivresse. Cela suffirait à
expliquer la vie dissipée dont j'ai vécu. Un
oncle, le chevalier de Marsse, que vous avez
connu et qui, ancien cadet de famille, n'avait
pas grand'chose, me donna pourtant tout ce
qu'il avait, parce qu'il était mon parrain. Si
peu que ce fût, ce peu garantissait mon indépendance pendant quelques années. Du reste,
les chances de la vie ne m'effrayaient pas. Je
suis naturellement aventurier. Ce mot-là révol-
tait l'autre jour la comtesse d'Artelles, lorsque
je me l'appliquais. Il n'en est pas moins vrai.
Je l'ai été dans ma vie. Je le suis dans mes
facultés. J'aime les périls et les anxiétés cachés
au fond des choses inconnues et des événements incertains. Toutes les difficultés m'attirent, et c'est peut-être cette disposition qui
m'a fait aimer Vellini.

« C'est à elle que je veux arriver. Je n'ai
point à entrer avec vous dans tous les détails
de cette portion de ma jeunesse écoulée avant
de la connaître. Si jamais vous en étiez cu-

rieuse, je vous le dirais, mais à quoi cela ser-
virait-il? J'ai été ce que sont la plupart des
caractères passionnés dans un temps comme le
nôtre. J'ai dépensé une grande activité dans
de grands désordres... Ne m'avez-vous point
d'ailleurs absous de tout cela en me prenant
pour votre fils?... »

Il s'arrêta, comme ne voulant pas pousser
plus loin cette analyse personnelle que d'ordinaire on aime tant à prolonger. Était-ce bon
goût chez lui ou raison plus grave qui le faisait
être si sobre tout en se peignant? Il reprit :

« C'est au plus épais de cette vie excessive
que je rencontrai Vellini. Je revenais de Bade
en 18.., à la fin de l'été. J'y avais passé le
temps comme on l'y passe, quand on a le goût
des femmes et du jeu. J'y avais été très-heu-
reux de toutes les manières. Rien ne manquait
à ma gloire de jeune homme, et vous savez,
marquise, de quels éléments cette gloire est
faite. J'étais alors dans la disposition lassée
qui est la suite des plaisirs violents. J'éprouvais
les mortes langueurs du dégoût. Je ne pensais
pas qu'une passion viendrait me tirer du
gouffre où j'avais roulé d'excès en excès. D'ailleurs j'avais déjà aimé. Je n'avais pas cette
virginité de cœur que l'on garde parfois au
milieu des désordres de la jeunesse. Des circonstances inutiles à rappeler avaient fait de

mon premier amour une cruelle et longue souffrance, guérie à la fin, mais dont l'expression
toujours présente affermissait la réflexion de
mon esprit contre le danger des affections passionnées. Je pensais n'avoir plus rien de pareil
à redouter. Dans toutes les liaisons que j'avais
eues depuis, les sens, l'imagination, le caprice,
la vanité, m'avaient dominé, ensemble ou tour
à tour, mais jamais l'amour n'était revenu
effleurer mon âme. Au sein des intimités les
plus ardentes et les plus tendres, elle était
restée froide, inébranlable, presque calculatrice.
C'est probablement cela, marquise, qui m'a valu
cette réputation de roué que vous font les
femmes dont on n'est pas assez épris. Je pensais qu'il en serait toujours ainsi. Je ne doutais
pas que ma vie de cœur ne fût finie, lorsque la
circonstance la plus inattendue et la plus
simple vint me donner le plus éclatant dé-
menti.

« Un soir, en sortant de l'Opéra, je rencontrai
un de mes nombreux amis de cette époque qui
m'invita à souper pour le lendemain. C'était le
comte Alfred de Mareuil, que vous avez connu
et qui est mort en duel, il y a cinq ans. De
Mareuil était très-riche, comme vous savez, et
c'était l'un des plus aimables et des plus spirituels vicieux de Paris. Il revenait d'Espagne,
et je ne l'avais pas vu depuis son retour. Il me

dit qu'il avait rapporté de son voyage une
foule de curiosités qu'il désirait me faire admirer. L'une des plus rares, ajouta-t-il en riant,
est une Malagaise : la plus capricieuse *muchacha*
qui ait jamais renvoyé au soleil son regard
de feu.

« — Vous l'avez enlevée ?... lui répondis-je.

« — Non, dit-il ; ce n'est pas ma maîtresse
encore, mais j'espère, pardieu ! bien, qu'elle le
deviendra. Elle est mariée, et son mari, un Anglais, qu'elle mène comme lady Hamilton
menait le sien, ne la quitte pas. Moi, je ne
quitte pas le mari. Je l'ai courtisé pour avoir
la dame. C'est un joueur et un original. Nous
avons parcouru ensemble l'Estramadure, l'An-
dalousie et la Gallicie, jouant presque toujours,
même en chaise de poste ; et moi, perdant par
galanterie perfide, pour me lier de plus en plus
avec le possesseur légal de ma señora. Ma foi !
cette femme m'aura coûté cher ! Mais aussi,
c'est la plus extraordinaire créature. Je n'avais
pas l'idée de cela. J'ai envie d'avoir votre
opinion, mon maître, sur cette femme qui,
malgré notre moquerie de Français, m'eût fait
consommer probablement, si elle n'avait pas
été mariée, la même folie qu'elle a fait faire à
l'imposant sir Reginald Annesley.

« — Vous l'auriez épousée ? lui dis-je, riant
d'étonnement incrédule.

« — C'est, je vous assure, fort probable, reprit-il du plus grand sérieux. Elle m'a tant monté la tête que je me crois capable de tout.

« — Mon Dieu, lui dis-je, est-ce bien au comte Alfred de Mareuil que j'ai l'honneur de parler?... Mais il n'entendit pas mon ironique question.

« Une voiture qu'il avait reconnue venait de passer sur le boulevard et s'arrêtait en tournant devant Tortoni, à l'entrée de la rue Taitbout.

« — Vous allez la voir, me dit-il, car la voilà ! mais vous ne pourrez pas la juger.

« La voiture était une calèche anglaise, découverte, attelée de deux chevaux alezan brûlé. Dans sa gondole noire, doublée de soie orange, on voyait deux personnes, un homme et une femme. L'homme, d'environ quarante-cinq ans, à la forte chevelure, aux reflets d'acier, avait un profil régulier et des tempes puissantes, largement ciselées, à ce qu'il semblait, dans du marbre rouge, tant la couperose, produite par l'incendiaire usage du piment et des alcools, avait envahi et violemment saisi ce visage ! C'était sir Reginald Annesley. La femme assise à côté de lui était la sienne, cette Malagaise dont le comte de Mareuil venait, à l'instant même, de me parler, avec l'enthousiasme des hommes blasés, le plus grand des enthousiasmes, quand on se ravise d'en avoir !

« Nous avions fait quelques pas en avant et nous nous trouvions assez près de la calèche. Il y avait alors beaucoup de monde sur le boulevard. D'élégantes voitures, revenant de la promenade du soir, stationnaient depuis le café de Paris jusqu'à la rue Le Peletier ; incessamment des femmes en descendaient pour venir, selon l'usage des nuits d'été, prendre des glaces à Tortoni. On les voyait passer, en étincelant, dans ce flot noir d'hommes qui aimait à se grossir et à s'arrêter sur les marches de ce café, hanté par toute l'Europe, on ne sait trop pourquoi. La nuit était superbe, une belle nuit de juillet, inondée de tous les genres de clarté, depuis la flamme implacable des becs de gaz jusqu'aux molles lueurs de la lune. On y voyait autant qu'en plein jour.

« — Pourquoi ne pourrais-je pas la juger ?... dis-je en lorgnant la Malagaise, que le comte de Marcuil salua.

« — Vous saurez pourquoi demain, fit Marcuil assez mystérieusement.

« Je ne relevai pas le mot. Je regardais avec beaucoup d'attention. Ce que je voyais ne m'émerveillait pas. Figurez-vous, marquise, une petite femme jaune comme une cigarette, l'air malsain, n'ayant de vie que dans les yeux et dont tout le mérite, aperçu par moi, était dans un bras rond et fin tout ensemble, qu'elle venait d'ôter de sa mitaine et qu'elle avait étendu avec plus de langueur que de coquetterie sur le rebord de la calèche. Elle était vêtue de noir et si enveloppée dans une mantille qu'elle avait ramenée par-dessus sa tête, que je ne pus me faire une idée de sa tournure. L'un des domestiques abattit le marche-pied et je crus qu'elle allait se lever et descendre, mais nonchalance ou fatigue, elle fit signe à son mari qu'elle voulait rester, et le domestique alla chercher des sorbets.

« Marquise, j'étais dans les premiers moments d'une jeunesse pleine de force. J'aimais les arts. Je lisais les poètes. J'étais fanatique de la beauté des femmes. Tous les choix que j'avais faits dans ma vie respiraient la fierté d'un homme qui ne s'enivre que de choses relevées, que des nectars les plus purs et les plus divins. Cette femme que me montrait de Mareuil me parut indigne d'arrêter seulement le regard et je le traitai d'extravagant.

« — C'est possible, répondit-il avec plus de tristesse que je n'en attendais d'un homme comme lui, mais vous pourriez bien extravaguer comme moi demain.

« Je me mis à rire assez haut, et je dois le dire, à la distance où nous étions d'elle, assez impertinemment pour Mme Annesley, qui avalait son sorbet avec l'impassibilité d'un vieux Turc sourd et aveugle.

« — Mon cher, dis-je à de Mareuil, vous n'êtes pas assez âgé ou assez Anglais pour vous permettre de tels caprices. C'est vraiment un goût dépravé que vous avez là.

« — Prenez garde, me répondit-il, vous avez la voix très-sonore, surtout dans l'air de cette belle nuit. *Elle* peut vous entendre, et Dieu me damne! je crois qu'elle vous a entendu.

« Le fait est que la Malagaise avait tourné les yeux sur moi des yeux fixes, aux cils immobiles, dardant le mépris, le courroux froid, l'offense. Entre hommes, un tel regard valait un coup d'épée. Entre homme et femme, il valait un regard pareil. Je le lui jetai. Mais en vain. L'œil fauve de la Malagaise resta sous le mien, ferme et altier. Elle avait fini son sorbet. Sir Reginald donna un ordre au domestique. La voiture partit, prit la rue de Grammont au grand trot, et disparut.

« — Oui, elle vous paraît laide, dit le comte de Mareuil, en s'appuyant sur mon bras et en m'entraînant; j'étais comme vous; je l'ai trouvée laide, mais vous verrez quels sont les incroyables prestiges de cette laideur!

« — Elle est donc bien spirituelle? repris-je, cherchant à m'expliquer la profondeur d'impres-

sion que me découvrait tout à coup un homme
aussi dandy que de Mareuil.

« — Non, dit-il, ce n'est pas de l'esprit qu'elle
a, du moins comme on l'entend en France. Je
connais des femmes qui ont plus de réparties
qu'elle, plus de montant, plus de feu de conversation, mais ce qu'elle a et ce que je n'ai
vu qu'à elle, c'est une fascination de l'être
entier, qui n'est précisément ni dans l'esprit, ni
dans le corps; qui est partout et qui n'est
nulle part!

« — *O strange! very strange!* dis-je alors,
parodiant Hamlet, emporté par une impitoyable
raillerie. Mon cher de Mareuil, votre poème est
touchant sans doute, mais l'amour est un rap-
sode aveugle. On ne chante pas comme vous
quand on y voit clair.

« Nous restâmes longtemps sur le boulevard,
lui me parlant toujours de la Malagaise avec
une intarissable admiration ; moi, lui opposant
la plaisanterie comme un homme sûr de son
fait ou qui croit l'être. Je me piquais beaucoup
de juger les femmes à la première vue, et l'impression que m'avait causée Mme Annesley
était loin d'être favorable. Il me donna infiniment de détails sur elle. Pour tout ce qui pré-
cédait son mariage, il n'avait rien de très-précis.
Jusque-là un nuage d'or, car elle semblait fort
riche par les dépenses qu'elle se permettait, la

couvrait comme Junon sur le mont Ida. Quel
était le Jupiter de ce nuage?... On ne savait.
Les uns disaient le capitaine général de la
province; les autres, un opulent hidalgo qui
mettait un chevaleresque orgueil à se ruiner
pour elle. Ce n'était rien de plus, assurait-on,
qu'une *muger de partido*. On sait que la tra-
duction la plus française de ce mot-là se trouve,
en beaucoup d'éditions, rue Notre-Dame-de-
Lorette. On racontait aussi, et de Marcuil prenait les airs les plus byroniens pour me répéter
cette histoire, qu'elle était la fille adultérine
d'une duchesse portugaise, réfugiée en Espagne
et d'un toréador. On nommait même la duchesse. C'était une Cadaval-Aveïro. La duchesse
qui avait des enfants de son mari l'avait élevée
en secret avec l'imprévoyance cruelle du plus
égoïste et extravagant amour maternel. Comment n'en eût-elle pas été folle et folle à lier?
L'homme dont elle l'avait eue, son amant (et
dans la période croissante d'un amour sans
frein), avait été tué à dix pas d'elle, éventré
par le taureau, et le sang adoré l'avait couverte
tout entière. Comme ces femmes du Midi, ha-
biles aux dissimulations les plus profondes et
pour les maris de qui Machiavel écrivait, la
duchesse de Cadaval-Aveïro ne s'évanouit pas;
elle resta droite et impassible sous ce fumant
manteau de pourpre qui cacha sa honte par la

manière dont elle le porta. On la vit attendre
la fin du spectacle ; mais quand elle fut retour-
née à son palais et qu'elle eut envoyé chercher
sa fille, la petite Vellini, qu'elle teignit du sang
de son père mal séché encore à ses vêtements
et à ses bras, elle s'évanouit, et l'évanouissement
dura deux jours. Après cela, on comprend que,
veuve de son toréador au fond de son âme, elle
dut se venger par toutes les furies de l'amour
maternel de la monstrueuse et sublime hypocrisie à laquelle son rang de duchesse et de
femme mariée l'avait contrainte aux yeux de
tout un cirque espagnol. Elle n'eut plus de
bonheur que par cette enfant dont elle devint
l'esclave et qu'elle aima de cet amour terrible
qui abolit la vie et divinise l'être aimé. La
petite Vellini fut élevée comme si elle avait
eu pour dot le revenu de trois provinces. On
ne lui apprit rien. Elle grandit comme il plut
à Dieu. On ne lui dit pas que souvent la vie
est plus forte que la volonté, plus impérieuse
que le désir. Elle fut obéie, servie, caressée,
dans une inaction encore plus énervante que
le luxe royal qui l'entourait. Vous l'entendrez
vous dire avec une originalité charmante, ajoutait de Mareuil, qu'à quinze ans elle ne savait
ni lire, ni écrire, et qu'elle passait une partie
de ses journées, couchée par terre aux pieds
de sa mère, à tracer sur le marbre des apparte-

ments les plus gracieuses figures avec son
doigt humecté à ses lèvres. Paresse, liberté,
accomplissement des plus soudaines fantaisies,
tout devait la rendre indomptable. Heureuse
et dangereuse enfance, finie tout à coup par
une catastrophe, la mort de la duchesse de Cadaval-Aveïro, étouffée dans une de ces palpita-
tions qu'elle avait gardées depuis la perte
horrible de son amant. Vellini resta sans ressources, exposée à la haine d'une famille puissante, n'ayant que des bijoux et quelques valeurs
mobilières, car sa mère aveugle de tendresse
n'avait pris pour elle aucune disposition d'avenir. C'était là tomber de bien haut sur le pavé
de Malaga. Aussi ne voulut-elle pas y rester.
Elle en disparut. Ceux qui l'y avaient connue
la retrouvèrent plus tard à Séville, menant une
vie de dissipation et d'éclat que le monde
expliquait comme tout ce qu'il ne comprend
pas. Sir Reginald Annesley, ennuyé comme un
Nabab, l'y avait vue et s'en était épris avec
une passion que les jouissances de l'Orient
n'avaient point éteinte, et il l'avait épousée
avec le mépris d'un grand seigneur pour l'opinion bégueule de son pays. Il y avait deux ans
qu'ils étaient mariés, quand de Mareuil les
avait connus. Comme il s'en était vanté à moi,
il était devenu un tel partner du mari qu'ils
avaient voyagé ensemble et qu'il leur avait

proposé, pour tout le temps qu'ils seraient à Paris, d'habiter l'aile droite de son hôtel des Champs-Élysées, et ils avaient accepté.

« Voilà toute l'histoire qu'il me fit. — Cela ne manque pas de couleur, ce que vous me racontez-là, lui dis-je, mon cher de Mareuil. Mais l'ironie ne pénétrait plus chez cet homme que j'avais connu si railleur et une des plus froides vipères du siècle. Non, il était amoureux. Il était devenu brave contre la plaisanterie, indifférent à tout ce qui n'était pas son amour.

« — Et croyez-vous être aimé ? lui dis-je, avec l'intérêt d'un homme qui soupe chez un autre, le lendemain.

« — Ah ! dit-il avec un joli mouvement de naturel, je n'en sais rien encore. Vous qui êtes de sang-froid et bon observateur, tâchez de le savoir. Étudiez-la. Quant à moi, je suis complétement dérouté.

« — Mon cher, repris-je, si elle a un peu de l'aimable tempérament de madame sa mère, ce n'est pas très-aisé à savoir.

« Telle fut, marquise, ma conversation avec de Mareuil. Telle aussi, et sans y rien changer, l'impression produite en moi, au premier coup d'œil, par cette femme qui devait avoir sur ma vie une influence si profonde. En face d'elle et en parlant d'elle, j'étais resté aussi

dédaigneux que s'il s'était agi d'un être complétement inférieur. Quand j'eus quitté le
comte de Mareuil, je ne pensai plus ni à lui,
ni à elle...; si ce n'est le lendemain à l'héure
où il fallut aller à ce souper, auquel elle était
invitée et où je *devais la juger mieux*.

« J'y arrivai assez tard. Il s'y trouvait une
vingtaine de personnes rassemblées, qui se
connaissaient présque toutes. A l'exception de
quelques journalistes, champignons exquis,
quand ils ne sont pas empoisonnés, levés du
soir au matin sur le fumier de ce siècle, et de
plusieurs actrices qui étaient là du droit anti-
dynastique de l'esprit et de la beauté, il est
bien probable, chère marquise, que vous avez
soupé avec les pères de tous les convives de
l'hôtel de Mareuil. C'était l'élite des plus
brillants mauvais sujets de Paris. Quand on
m'annonça, Mareuil vint au-devant de moi,
me prit par la main et me présenta à Mme Annesley, assise auprès de la cheminée, avec une
inexprimable indolence. Elle me lança le même
regard, du milieu de ses cils d'airain, qu'une
première fois je n'avais pu lui faire baisser.
Du reste, elle ne dit pas un mot, ne fit pas un
geste. Elle écouta avec la plus humiliante
indifférence pour mon amour-propre la phrase
très-aimable qu'improvisa le comte de Mareuil
en lui apprenant qui j'étais.

« Pardon, marquise, si j'entre dans tous ces détails. Mais je crois qu'ils sont nécessaires pour faire comprendre ce qui va suivre.

— Vous avez raison, dit la marquise, n'omettez rien. Tout ce qui caractérise la femme aimée caractérise aussi le genre d'amour qu'on eut pour elle.

« J'eus beau la regarder avec toute l'impartialité qui était en moi, reprit Marigny, pour m'expliquer un peu davantage l'asservissement de mon pauvre ami de. Mareuil, je restai dans mon opinion de la veille. C'était un visage irrégulier. Elle était vêtue d'une robe d'une coupe étrangère, de satin sombre à reflets verts, qui découvrait des épaules très-fines d'attache, il est vrai, mais sans grasse plénitude et sans mollesse. On eût dit les épaules bronzées d'une enfant qui n'est pas formée encore. Ses cheveux, tordus sur sa tête, étaient retenus par des velours verts. Deux émeraudes brillaient à ses oreilles, et des bracelets, faits de cette pierre mystérieuse, s'enroulaient comme des aspics autour de ses bras olivâtres. Elle tenait à la main l'éventail de son pays, de satin noir et sans paillettes, ne montrant au-dessus que deux yeux noirs, à la paupière lourde et aux rayons engourdis. Comme la conversation n'était pas très-animée et qu'elle n'y prenait aucune part, j'eus le temps de

l'examiner et de la détailler comme un tableau
ou une statue. Le souper qu'on annonça interrompit mon examen. De Mareuil se précipita
pour donner le bras à *sa* Malagaise et je
m'arrangeai de manière à marcher derrière lui
pour juger d'une tournure que j'avais à peine
entrevue. Mme Annesley était petite ; les
hanches plus élégantes que fortes ; mais la
chute audacieuse des reins accusait l'origine
mauresque. Le mouvement qu'elle fit pour
passer dans la salle à manger au bras de
Mareuil révolutionna mes idées, bouleversa
mes résolutions. C'était ce *meneo* des femmes
d'Espagne dont j'avais tant entendu parler
aux hommes qui avaient vécu dans ce pays.
Une autre femme sortit de cette femme. Deux
éclairs, je crois, partirent de cette épine dorsale
qui vibrait en marchant comme celle d'une
nerveuse et souple panthère, et je compris,
par un frisson singulier, la puissance électrique
de l'être qui marchait ainsi devant moi.

« Deux heures après, marquise, je la comprenais bien davantage, ou plutôt, moi, je ne
me comprenais plus ! Ah ! c'était vraiment par
le mouvement que cette femme était reine et
reine absolue, *Reina nella,* comme on dit dans
la langue de son pays ! A ce souper étincelant
et brûlant, donné pour elle, il fallut la voir
et l'entendre !! D'autres sensations, d'autres

sentiments, le bonheur, la possession, et les
mille désenchantements qui suivent l'enchan-
tement épuisé, n'ont pu éteindre ce souvenir.
D'où cette vie subite lui venait-elle? Était-ce
de la coupe où elle trempait sa lèvre avec une
sensualité pleine de flamme? Était-ce de
l'esprit que répandaient alors, par torrents,
ces spirituels et effrénés viveurs, excités par
la présence de cette Sabran espagnole? Qui
le savait? Qui pouvait le dire? Même moi,
qui ai pressé depuis toute cette vie sur mon
cœur, je l'ai ignoré. Je n'ai jamais su d'où
venait cette transfiguration impétueuse, cette
ouverture d'ailes, poussées en un clin d'œil,
qui la ravissaient, nous emportant tous. Les
prestiges de la laideur, que M. de Mareuil
m'avait promis, apparurent en Mme Annesley.
Son regard épais qui ne tombait plus pesam-
ment sur moi, mais qui m'échappait en brillant, fascinait d'impatience par la mobilité de
ses feux. Le sang de son père, le toréador,
bouillonnait dans ses joues d'ambre devenues
écarlates. On eût juré qu'il allait faire éclater
les veines et couler dans ce souper, sous la
force même de la vie, comme autrefois il avait
coulé dans le cirque sous la tête armée du
taureau. Elle se renversait, tout en causant,
sur le dossier de son fauteuil avec des tor-
sions enivrantes, et il n'y avait pas jusqu'à sa

voix de contralto, d'un sexe un peu indécis,
tant elle était mâle ! qui ne donnât aux imaginations des curiosités plus embrasées que
des désirs et ne réveillât dans les âmes l'instinct des voluptés coupables, le rêve endormi
des plaisirs fabuleux !

« Ce qu'on éprouvait, ce que j'éprouvais
était nouveau, inconnu, inattendu comme elle.
Eh bien ! elle n'avait pas même l'air de s'en
apercevoir. Plus d'une fois pendant le souper,
je lui adressai la parole, mais elle s'arrangea
toujours de manière à ne pas me répondre
directement, et cela sans aucune affectation.
Était-ce taquinerie coquette ? ressentiment ?
antipathie ? Quoi que ce pût être, cela me
jetait dans une irritation secrète qui produisait
les transes de l'amour mêlées aux frémisse-
ments de la colère. Avec des riens, elle me
soulevait. Je devenais insensé à côté d'elle.
Tiré à deux sentiments contraires, ivre de
rage contre cette femme qui parlait à tous,
excepté à moi ; qui s'occupait de tous, excepté
de moi ; sachant qu'après tout, ce n'était pas
là beaucoup plus qu'une courtisane, entraîné
par une violence de sensation que je ne connaissais pas et par une conversation qui stimu-
lait et justifiait bien des audaces, j'osai prendre
son verre pour le mien.

« — Vous vous trompez, monsieur ! dit-elle

en me jetant un regard fixe et cruel ; et elle m'arracha le verre avec une action si fougueuse qu'elle le brisa en le saisissant.

« Ses lèvres entr'ouvertes exprimaient une horreur inexplicable, mais très-piquante pour un homme qui, comme moi, marquise, ne manquait pas alors d'une certaine dose de vanité.

« — Ah! madame, vous vous êtes blessée ! lui dis-je.

« — Oui, répondit-elle, tortillant sa serviette, autour de sa main, mais j'aime mieux cela ! et elle se prit à sourire avec une ironie méprisante.

« Ma foi ! je n'y tins pas !

« — Et moi aussi, lui dis-je, j'aime mieux cela !

« Je mentais. J'avais soif de la trace de ses lèvres que j'eusse retrouvée aux bords du verre dans lequel elle avait bu. Elle m'allumait des sens jusque dans le cœur ! Mais son insolente préférence fit jaillir de mon âme une intensité de haine égale à l'intensité de mon amour, et j'éprouvais une douloureuse et violente jouissance à lui rendre coup pour coup de mépris.

« Cette petite scène, toute entre nous, s'était perdue pour les autres dans les mille distractions bruyantes d'un souper comme celui que

nous faisions. De Mareuil, qui était attentif
aux moindres mouvements de son idole, vit
seul ce qui s'était passé entre elle et moi, et
il en souriait de l'autre bout de la table. Ses
observations lui étaient doublement agréables.
D'une part, il reconnaissait depuis une heure
que j'étais l'esclave idolâtre de cette femme
dont il m'avait prophétisé l'empire, et d'une
autre, que je ne serais jamais pour lui un rival
bien dangereux.

« Quand on se leva pour passer dans le
salon, il se pencha à mon oreille et me dit :
« Eh bien ? » d'un ton de victoire.

« — Eh bien, lui répondis-je, je pense
comme vous, je sens comme vous ; et peut-être
j'aime déjà comme vous. Il ne fallait pas
m'inviter à ce souper, mon cher comte, si
vous tenez à la possession exclusive de cette
femme, car je suis bien résolu à vous la dis-
puter opiniâtrément.

« — Ah ! ah ! dit-il avec la voix d'un homme
qui chante dans la nuit pour se faire brave ;
je le veux bien ; je n'ai pas peur. J'accepte la
partie ! mais je vous préviens à l'avance que
vous ne jouerez pas sur du velours. Elle vous
a en exécration. Je crois toujours qu'elle vous
a entendu au boulevard me dire votre opinion
sur elle, car il serait singulier que sans une
cause quelconque de ressentiment, elle eût

contre vous l'instinct répulsif dont elle est armée. Ce matin encore, je lui ai parlé de vous. Je lui ai demandé si elle avait remarqué hier la personne avec qui j'étais. Je lui ai dit quel rang vous teniez dans la fashion parisienne. J'ai fait de vous un magnifique portrait moral... ou immoral, comme vous voudrez. J'ai été votre Vandyck et celui de vos maîtresses dont j'ai eu grand soin de ciseler les noms dans tous mes récits. Mais rien n'a pu l'amen à modifier le gracieux refrain qu'elle a mis à toutes mes chroniques : « C'est possible, me disait-elle, mais que voulez-vous ? il me déplaît. »

« — Ce matin, ajouta le comte de Mareuil, elle m'a annoncé qu'elle ne souperait pas avec nous. A ce propos, il y a eu une scène affreuse entre elle et sir Reginald qui, d'ordinaire, est fort soumis à ses bizarreries, mais qui, hospitalier comme un Anglais, n'entendait pas qu'on manquât chez moi, son hôte, aux lois de l'hospitalité. Elle a même brisé de colère un beau vase antique, rapporté de Pæstum, auquel sir Annesley tenait beaucoup, et elle eût probablement résisté à la volonté maritale, en digne fille de ces Espagnoles qui mirent cinq siècles à chasser les Maures de l'Espagne, quand je me suis avisé de lui dire tout bas :

« — Si vous ne voulez pas souper avec
M. de Marigny, señora, c'est donc que vous le
craignez beaucoup, et la Crainte, c'est souvent
la sœur aînée de l'Amour.

« Mon cher, elle en a pâli, de la supposition
de vous aimer, et elle m'a dit, avec un rire
forcé : « Si c'est comme cela, j'accepte. »
Remerciez-moi donc, Marigny, du biais que
j'ai pris pour la faire souper avec nous. »

« En vérité, marquise, il faut que l'amour
offusque les vues les plus perçantes. Le comte
Alfred de Mareuil était certainement trop
spirituel et trop au courant des choses de la
vanité et du cœur pour ignorer que ce qu'il
me confiait allait redoubler mon désir de plaire
à la Malagaise et de la lui enlever. Il crut
cependant que je reculerais devant le mur
d'airain qu'il élevait entre elle et moi. Il
oublia que j'étais, comme lui, l'enfant d'une
société vieillie, fort épris des plus impacien-
tantes résistances, et très-friand de tout ce qui
semblait impossible.

« Aussi, à peine de Mareuil eut-il fini de parler, que j'allai me placer à côté de Mme Annesley
et que je ne m'occupai plus que d'elle. Une
table de jeu fut placée auprès de la table de
marbre où le punch flambait dans un vaste bol
d'or sculpté. Sir Reginald Annesley et le comte
de Mareuil risquèrent des sommes considé-

rables, mais pour la première fois de ma vie les chances du jeu ne me tentèrent pas. A mes yeux, la fortune n'était plus qu'une femme, une femme qui me haïssait! L'orgueil était aussi intéressé que le désir à sa défaite. Cela doit rendre un homme éloquent. Je crois l'avoir été, cette nuit-là. Je parlai à Mᵐᵉ Annesley un langage qui sortit sans effort de mon âme combattue, et qui aurait donné à toutes les femmes le double frisson de la fièvre du cœur. Ce fut comme un mélange d'adoration idolâtre et de détestation inouïe, de flatterie caressante et d'impertinence hautaine, d'assurance et de doute, de glace et de feu; une espèce de bain russe intellectuel dans lequel je plongeai, pour les assouplir, les nerfs de cette femme, qui ne faiblirent pas une seule fois. Par un changement soudain, comme il s'en produisait très-souvent en sa personne, elle était retombée dans ses paresseuses attitudes, aussi morte qu'elle avait été vivante pendant le souper. Elle m'écouta d'un front impénétrable. Elle avait allumé un cigare, et elle le fumait, tout en m'écoutant, avec la silencieuse gravité de son pays. Du fond de la fumée, qui rendait son front plus obscur encore, elle entendit pendant deux heures de ces choses contradictoires et folles, qui attestent le plus grand des amours, l'amour tout à la fois dominateur et esclave.

« — *Mais,* me dit-elle, en m'interrompant et en soufflant légèrement sur une charmante spirale bleue, sortie de ses lèvres, *vous n'êtes pas assez âgé ni assez Anglais pour vous permettre de tels caprices. C'est vraiment un goût dépravé que vous avez là.*

« — Ah ! repartis-je comme un homme frappé d'une lueur subite, les Espagnoles ont donc de la vanité comme les Françaises ?

« — Non, répondit-elle, mais elles ont le sentiment de l'injure, et elles savent haïr comme elles savent aimer.

« — Señora, lui dis-je avec une assurance qui eût imposé à une autre femme, le ressentiment n'est pas de la haine, et vous avez l'âme assez grande pour pardonner un jugement absurde, basé sur une illusion incompréhensible et d'ailleurs expié suffisamment ce soir.

« Elle me fixa avec ses yeux fascinateurs, qui m'entrèrent dans le cœur comme deux épées torses.

« — Je n'ai rien à vous pardonner, fit-elle, les sympathies sont involontaires et les antipathies aussi. »

« Et, comme ne voulant en dire ni en entendre davantage, elle se leva d'un mouvement rapide et alla se placer près de son mari qui buvait et jouait. Absorbé dans la double sensation que révélait l'âpre couleur de son visage, sir Réginald Annesley ne sentit ni le bras nu velouté qui lui effleura la joue en se posant sur sa large épaule, ni la vapeur deux fois brûlante du cigare en feu qui passa dans ses cheveux avec l'haleine de cette femme, restée debout près de lui. Sir Reginald perdait immensément. Mais quand le comte de Mareuil, son adversaire, eut aperçu la Malagaise dans cette pose familière, qui peut-être le rendait jaloux, les distractions le prirent et la fortune commença de l'abandonner. L'Anglais retrouva son bonheur ordinaire. Il semblait que sa femme le lui rapportait. On eût dit le Génie du Jeu en personne, revenant protéger un de ses favoris. Au fait, il y avait en elle les redoutables séductions qu'on peut supposer à un démon. Elle en avait le buste svelte et sans sexe, le visage ténébreux et ardent, et cette laideur, impressive, audacieuse et sombre, la seule chose digne de remplacer la beauté perdue sur la face d'un Archange tombé.

« Du divan où il m'avait laissé, je le contemplais, ce démon, et je sentais sa force invincible se saisir de moi de plus en plus. J'essayais de reconnaître en lui l'être éblouissant de mouvement et d'entrain qui avait éclaté au souper, mais il avait comme éteint le cercle qui avait flamboyé autour de sa tête tout le soir, et je le comparais à cet autre être froid, indifférent et

muet qui lui avait succédé. Elle avait repris sa
pose rigide, d'avant souper, auprès de la cheminée. Elle n'inclinait pas le front sous sa
rêverie fixe et vide de pensée... et elle me rappelait ces lions chimériques accroupis dans les
cours de marbre de l'Alhambra qui portent,
sur leurs têtes de tigre, la vasque froide d'une
fontaine sans eau. Eh bien! le croirez-vous,
marquise? de ces deux femmes, c'était la dernière que maintenant je préférais. Oui, c'était
l'être sans rayons, la petite femme jaune et
maigre de la calèche que j'avais, la veille, au
boulevard, presque écrasée de mon dédain! Il
est des amours qui corrompent tout dans les
âmes. Le mien commençait de jeter en moi de
ces aveuglements qui endurcissent à la lumière... qui nous la font nier et insulter. Je
comprenais alors cet homme qui préférait à
tout, dans la maîtresse de sa vie, la raie élargie des cheveux tombés, ce pauvre sillon qu'il
eût voulu ensemencer de ses baisers et de ses
larmes! J'arrivais, comme cet homme, et en
combien de temps! à ne plus aimer que ce
qu'il y avait de moins beau dans l'être aimé.
J'aurais aimé ce qu'il y aurait eu de malade.
J'allais savourer le défaut avec délices; j'allais
le regarder comme une perfection, et laisser là
la tête d'or pour les pieds d'argile. Ce n'était
pas là un amour comme celui qu'inspire votre

Hermangarde. Au lieu d'élever l'âme, il la courbait révoltée... c'était un amour mauvais et orageux. »

Il s'arrêta. Quoique la marquise eût la science d'une femme qui a mordu dans les plus puissantes sensations de la vie, et qui se lèche encore les lèvres de tout ce qu'elle y a trouvé, elle aimait tellement Hermangarde qu'elle fut heureuse d'entendre Marigny flétrir sa passion pour la Malagaise, et se prendre lui-même aux poésies morales que l'amour lui flûtait au cœur.

Elle ne l'interrompit point et il continua :

« Le comte de Mareuil perdait toujours L'idée me vint de le venger. J'obtins qu'il me céderait sa place. Il me plaisait de battre au jeu, dans la personne de son mari, cette femme qui semblait, en les regardant, fasciner les pièces d'or comme elle m'avait fasciné. Jouer contre son mari, c'était jouer contre elle. Sir Reginald, superstitieux comme la plupart des joueurs, comparait sa Malagaise à Joséphine, qui fut, dit-on, la cause mystérieuse de la fortune de Bonaparte. Toujours est-il que ce soir-là, en se tenant auprès de lui, elle lui avait ramené le sort infidèle. De tous les mouvements désordonnés qu'elle soulevait en moi, le plus fougueux, le plus irrésistible, était de répondre, n'importe comment, à cet air de défi

qui respirait en toute sa personne et qui mêlait dans mon cœur — exécrable mélange! —
le sang de l'orgueil blessé aux flammes avivées
des plus inextinguibles désirs.

« Je jouai donc, mais ce fut à croire que sir
Réginald Annesly avait raison dans ses stupides
superstitions! Je m'efforçai ; je combinai mes
coups comme si ma vie avait été au bout de
mes combinaisons ; je redoublai d'attention, de
sang-froid, de patience ; je perdis autant qu'Alfred de Mareuil. Je n'étais pas riche comme
lui. Il s'en fallait! Les pertes que je faisais
m'atteignaient bien davantage, mais ce n'était
pas l'effet de la perte ; ce n'aurait point été le
sentiment de la ruine qui m'aurait donné les
épouvantables colères que je dévorais. Non,
c'était uniquement le sentiment de mon im-
puissance contre cette infernale Malagaise,
contre ce démon, immobile et nonchalant qui,
le cigare allumé, semblait sucer du feu avec des
lèvres incombustibles, et se rire de mon faible
génie se débattant devant le sien! Une ef-
frayante influence continuait de me poursuivre
et de m'asservir. Je jouai et je perdis à peu près
tout ce que je possédais, en quelques heures.
Le lendemain j'étais réduit à vivre d'emprunts.

« Mais que m'importait! la vraie détresse
pour moi, le vrai malheur, c'était d'aimer
comme je le faisais et de ne pouvoir rien, ab-

solument rien ! sur l'être qui prenait ma vie,
sans même en vouloir, comme en respirant il
prenait l'air qui lui tombait dans son indifférente poitrine ! Après cette funeste nuit à l'hôtel
de Mareuil, j'étais rentré chez moi dans un
état inexprimable d'âme et de corps. Je m'y
renfermai pendant deux jours à m'indigner
de ce que j'éprouvais, mais il est des ivresses
qu'on ne cuve pas... et je me roulai un peu
davantage dans le filet qui m'avait lié. Quand
j'eus bien sondé ma blessure, quand je fus bien
certain que mon mal était incurable, je me
créai des plans et des résolutions. Je résolus
d'agir dans le sens de cette passion que je re-
connaissais pour indomptable. Je me dis que
je forcerais bien d'aimer cette femme qui m'a-
vait d'abord montré une honte si bizarre. J'étu-
dierais les replis de ce caractère. Je verrais par
quels côtés on pouvait pénétrer dans ce cœur.
Je me le disais... et cependant j'étais travaillé
d'une âpre inquiétude, car il semblait y avoir
dans cette Espagnole, en cette altière sourde-
muette de cœur et d'esprit, des fermetures d'intelligence et de sensibilité si complètes, qu'elle
devait peut-être rester inaccessible autant à la
séduction qu'à l'amour. Ah ! marquise, quelle
atroce souffrance quand on sent retomber sur
son âme toutes les facultés qui servent à nous
faire aimer, et que voilà désormais inutiles et

même insultées, parce que la femme qui est
notre malheur et notre destin échappe bête-
ment à leur prestige ; parce qu'à ses yeux aimés, quoique stupides, les choses de la pensée,
les grâces souveraines de la parole, tout ce qui
nous fait les rois des âmes, ne sont pas plus
que les chefs-d'œuvre des arts dans les mains
barbares d'un Esquimau ou d'un Lapon !... Je
retournai à l'hôtel de Mareuil et je me pré-
sentai chez sir Reginald Annesley. Je ne fus
point reçu. Sir Reginald vint le lendemain
jeter une carte chez moi, mais ni ce jour-là,
ni les suivants, je ne pus parvenir jusqu'à
Mme Annesley. Le comte de Mareuil m'avertit
que c'était un parti pris par elle ; qu'elle ne me
recevrait jamais, que son antipathie pour moi
n'avait qu'augmenté à ce souper où elle avait
si bien changé mes impressions. « Elle aura
« probablement parlé de l'amour que vous lui
« avez si soudainement montré. Elle aura fait
« ce qu'elles savent si bien faire, quand elles le
« font, ajouta de Mareuil, enchanté, le digne
« ami ! de m'exaspérer, elle aura excité la jalou-
« sie de son mari, tout en se montrant ver-
« tueuse, et elle aura probablement décidé le
« très-correct sir Reginald Annesley, le plus
« gentleman des baronnets, à n'agir plus avec
« vous comme un homme du monde, mais
« comme un mari renseigné. »

« Un tel langage m'était intolérable, mais je ne pouvais faire un tort à Alfred de Mareuil de me le tenir. Il était amoureux comme moi de Mᵐᵉ Annesley. Pour cette raison, j'aurais eu mauvaise grâce aussi de lui demander à favoriser des entrevues devenues à peu près impossibles. Excepté au Bois et à l'Opéra, je ne pouvais guère espérer rencontrer la Malagaise quelque part. On était alors au milieu de l'été. Il n'y avait plus personne à Paris. Et d'ailleurs, cet Anglais de tripot plus que de salon, et cette femme épousée par amour, mais enfin d'un passé suspect, seraient-ils allés dans le monde si le monde avait été là?... Le Bois et l'Opéra étaient deux bien faibles ressources. Jamais la voiture de Mᵐᵉ Annesley ne s'arrêtait pour moi quand je la saluais. Et puisque sa maison m'était fermée, sa loge à l'Opéra m'était naturellement interdite... Comme elle n'y posait pas à la manière des femmes de France, je ne voyais guère, quand elle y était, de l'orchestre où je la lorgnais, que ses deux yeux de tigre, faux et froids (ils me semblaient tout cela), par-dessus son grand éventail de satin noir déplié, et au Bois, j'attrapais encore moins de sa personne, car elle s'entourait de la tête au pied de sa mantille, à la façon des Péruviennes, et elle ne me laissait apercevoir qu'un seul de ses terribles yeux d'un charme fatal... Depuis le

souper d'Alfred de Mareuil, j'avais mille fois
essayé de la joindre et de lui parler, mais sa
volonté et le sort avaient toujours fait avorter
mes desseins et rendu la chose impossible. Un
soir, entre autres, je la vis à Saint-Philippe du
Roule, car, soit habitude d'enfance ou dévotion
réelle (qui peut discerner rien de bien clair
dans cette âme ardente et profonde?), elle han-
tait les églises en vraie Espagnole qu'elle était,
comme peut-être sous l'influence de son père,
le mauresque toréador, elle aurait hanté les
mosquées. Je revenais justement des Champs-
Élysées, où j'avais passé vingt fois sous ses
fenêtres pour l'apercevoir. En passant, mes
yeux tombèrent sur une voiture que j'eusse reconnue entre mille et qui stationnait devant
les marches de l'église. C'était cette voiture
aux chevaux alezan et à la conque doublée
d'orange, où son corps avait marqué sa place.
Un énorme bouquet de genêts et de jasmins
jonchait, avec la mantille de dentelle noire, les
coussins affaissés sur lesquels elle étalait d'ordinaire, avec des mouvements si félins, ses mollesses énervantes et provocatrices.— Ah! me
dis-je en voyant cette voiture vide qui me jeta
au cœur le désir que m'eût donné son lit défait,
elle sera entrée dans l'église; et je jetai la bride
de mon cheval à un enfant qui se trouvait là.
Je montai alors ces marches qu'elle avait mon-

tées, curieux de voir le Dieu méchant de ma vie demander quelque chose aux pieds du sien. Il était près de huit heures du soir. J'ai tant souffert à cette époque, marquise, que les moindres détails de mes journées sont marqués dans ma mémoire d'un inextinguible trait de feu. On chantait le Salut. Je cherchai l'Espagnole... Qu'allais-je lui dire? et qu'allais-je faire? Je n'en savais rien. Je ne réfléchissais pas, j'allai vers elle. J'obéissais à je ne sais quoi d'aveugle, d'ignorant, de spontané, de fougueux qui me poussait d'une force irrésistible. Je la découvris dans une chapelle, les coudes nus sur le prie-dieu de la chaise où elle était agenouillée et son menton dans la paume de ses mains couvertes de longs gants de filet, montant à mi-bras. Priait-elle? Avec quelle ardeur je le cherchai dans ses regards et sur ses lèvres! Si elle priait, elle n'avait donc pas l'âme inerte, répulsive, inaccessible! Un jour elle pourrait m'aimer!... Mais elle ne priait pas. Sa lèvre rouge et presque féroce était immobile. Son œil, qu'aucune sensation n'animait, noir et épais comme du bitume, était fixé dans une espèce de stupeur, qui était, à elle, sa rêverie, sur les cierges qui brûlaient et se fondaient vite à la chaleur de leur propre flamme et à celle d'un soleil d'été qui avait frappé longtemps la fenêtre incendiée de cette chapelle, placée au

couchant. Les derniers feux du soir, passant à
travers les vitraux coloriés, en allumaient
encore le vermillon et l'azur, et semblaient
embraser l'air autour de sa robe noire, comme
si elle eût été le centre de quelque invisible
foyer. Ah! je la regardai longtemps! Je me
plaçai à quelques pas d'elle. Il n'y avait entre
nous que la grille de la chapelle, contre laquelle j'appuyais mon front en la regardant.
Marquise, ce que j'éprouvai est inexprimable
pendant ce touchant office du soir, sous les
sons de l'orgue que depuis je n'ai jamais pu
entendre sans trouble, aux dernières clartés
d'un beau jour et à trois pas de cette femme
que je n'avais jamais revue de si près et si
longtemps depuis le souper du comte de Mareuil... J'avais entendu dire qu'il est des fluides
qu'avec une volonté passionnée où peut lancer
par les yeux et dont on peut pénétrer l'être le
plus rebelle... J'essayai de la couvrir de ces
magnétiques et fulminants regards. Il me semblait que toute mon âme s'en allait de moi par
les yeux pour imbiber de toute ma vie ce corps
adoré et maudit. Eh bien, la science mentait,
marquise; la passion mentait; tout mentait.
Elle ne se retourna pas vers moi une seule fois.
J'ai laissé la trace de mes ongles sur cette grille
qui me séparait d'elle... Un jour, avec elle, je
suis retourné à Saint-Philippe et je lui ai mon-

tré ces vestiges de fureurs soulevées en moi et
laissées par moi dans du fer. Au sein des désordres de ma jeunesse, je n'avais jamais été
impie, et pourtant, ce soir-là, à cette religieuse
cérémonie qui aurait dû me pénétrer d'un saint
respect, je ne vis que cette femme devant laquelle je me serais prosterné sur un signe,
comme les fidèles se prosternaient devant l'autel. Mais ce signe, elle ne le fit pas. Quand le
Salut fut terminé, elle passa près de moi sans
un regard à me donner, baissant le front avec
un air tout à la fois dédaigneux et farouche...
Je la suivis dans la foule, me sentant défaillir
à l'idée que peut-être en sortant je pourrais,
dans les flots compactes de cette foule, la prendre et la serrer sur mon cœur. Dieu ne permit
pas ce sacrilége. Elle semblait lire dans mes
desseins pour les tromper. Elle alla au bénitier, y plongea la main et sortit rapide. Elle
s'était déjà élancée en voiture quand à mon
tour je sortis de l'église... Je n'avais même pu
effleurer sa robe ; et lorsque je m'avançai vers
la calèche où elle s'était recouchée, elle partait,
la figure à moitié cachée par le bouquet de
genêts et de jasmins d'Espagne dans les parfums duquel, comme dans cet office du soir
auquel elle venait d'assister, elle cherchait
peut-être des sensations et des souvenirs de son
pays.... Vous avouerez, marquise, que si elle

avait l'intention d'aiguillonner l'amour par la
contradiction et le mystère, elle s'y prenait
avec la science de la plus admirable coquette,
mais ce n'était pas une coquette! c'était une
femme vraie; vous allez voir!

« Ai-je besoin de vous dire qu'amoureux
comme j'étais, outré comme j'étais d'être rejeté
loin de cette femme incompréhensible qui m'a-
vait excommunié de sa vie, je lui avais écrit,
ne pouvant lui parler, tentant encore, au risque
de la compromettre vis-à-vis de son mari, cette
dernière chance de l'intéresser à la passion que
j'avais pour elle? J'avais hasardé une vingtaine
de lettres avec l'espérance insensée de ces Ita-
liennes qui mettent à la porte des Jésuites à
Rome celles qu'elles écrivent au bon Dieu.
Mais Dieu eût plus répondu qu'elle. Et toutes
mes lettres m'avaient été renvoyées avec la
plus insolente ponctualité.

« Cependant un parti si bien pris de m'éviter et de repousser tout ce qui pourrait venir
de moi commença à me désespérer. Si elle
avait toujours été une vertu farouche, j'aurais
cru l'apprivoiser à la fin. Mais c'était une fille
du Midi, aux veines noires et pleines, née d'un
amour coupable dans le pays de la vie, et qui
n'avait jamais, disait-on, économisé par prin-
cipe sur ses fantaisies. Ces êtres-là sont invin-
cibles quand ils s'avisent de résister. Mon

amour-propre ne pouvait se donner de consolation d'aucune sorte. Il était bien avéré que
si elle me fuyait, c'est que je lui déplaisais
aussi réellement qu'elle me l'avait dit. Je n'é-
tais pas aimé ! Quel coup de foudre à mon orgueil ! mais aussi quel coup de foudre à toute
mon âme ! car je l'aimais, moi !... Ce que je sentais n'était pas un désir mordant qui prend le
cœur et puis le laisse, accablé devant l'impossible. C'était un amour qui me brûlait le sang
et la pensée ; c'était le faisceau de tous les désirs en un seul. Et quant à l'impossible, j'aurais bravé, Dieu me damne ! jusqu'à la volonté
de Dieu ! Ma chère marquise, si je vous racon-
tais mes sentiments plus que les événements
de cette histoire, je ne pourrais vous dire fidèlement ceux de cette époque de ma vie, tant ils
furent affreux ! Il me semblait que j'avais un
cancer au cœur... Ah ! n'être pas aimé est toujours un effroyable supplice, un non sens humain, car l'amour devrait appeler l'amour ; mais
ne pas l'être pour la première fois quand les
femmes vous ont appris l'orgueil de la fortune
qui s'ajoute à votre autre orgueil ; mais n'être
pas aimé par une créature laide et chétive,
qu'on juge bien inférieure à soi, qu'on écrase
de son intelligence, qu'on méprise presque dans
son corps et dans son esprit, et qu'on ne peut
s'empêcher d'adorer et de placer dans tous ses

songes, c'est là une de ces catastrophes de
cœur à laquelle, dans les plus cruelles douleurs
de la destinée, il n'y a rien à comparer. Si parfois j'avais dans ma vie traité trop légèrement
des âmes qui s'étaient trop livrées à moi, elles
étaient bien vengées maintenant. J'expiais ce
que j'avais fait souffrir. Elle ne m'aimait pas !
J'en arrivais de dépit, de fatigue, de rage, aux
projets les plus ridicules et les plus fous. Que
je comprenais bien alors le monstrueux amour
que Caligula avait pour cette statue de Diane,
qu'il emportait avec lui partout. Il en était au
moins le maître ! le maître absolu ! le marbre
ne pouvait pas aimer, et, substance inerte, se
laissait dévorer sans résistance. Mais elle ! ah !
les idées d'oppression sauvage, d'abus terrible
de la force me montaient à la tête. Comme
vous disiez, vous autres du XVIII° siècle, avec
une expression qu'on trouverait bien brutale à
présent : Je voulais *l'avoir* à tout prix. Tantôt
je pensais à m'introduire chez elle la nuit
comme un voleur, et à lui mettre le pistolet sur
la gorge, ainsi que l'avait fait le colonel de
Naldy à la belle marquise de Valmore, qui
s'était exécutée avec une grâce de lâcheté bien
digne de nos jours corrompus. Tantôt je pro-
jetais de l'enlever de vive force, comme si c'é-
tait chose facile que d'enlever malgré elle une
femme qui était toujours accompagnée et ne

sortait jamais à pied. Évidemment j'extravaguais.

« Un matin, j'étais sorti d'assez bonne heure à cheval pour rompre un peu par le mouvement avec l'insupportable idée fixe qui me dévorait. J'étais d'instinct ou d'habitude allé du côté où la Malagaise promenait chaque jour ses loisirs nonchalants, dont, au nom de l'amour comme de la vengeance, j'eusse tant désiré faire de cruels ennuis. Je m'étais avancé assez loin dans Passy, comptant bien me rabattre sur le bois de Boulogne, où circulent les promeneurs élégants de l'après-midi, et où j'avais chance de voir passer la calèche noire et bleue qui me passait tous les jours, régulièrement à la même heure, ses moqueuses roues sur le cœur. J'étais arrivé dans cette partie de Passy qui se creuse comme un ravin et dont la courbe expire avant de devenir un vallon, un petit vallon grand comme la main, frais, ombragé, mystérieux, espèce de coquille de verdure. Des maisons de campagne commençaient de s'y élever. On appelle, je crois, cette partie cachée de Passy le hameau de Boulainvilliers. Je venais de terminer une course forcée, et je mettais au pas, dans un chemin bordé de peupliers, mon cheval fatigué. Tout à coup, une femme à cheval aussi, en amazone grenat et en casquette de velours noir, parut à l'extrémité du chemin où j'étais.

« Les amoureux sont comme les somnam-
bules ; ils ne voient pas seulement avec les
yeux, mais avec le corps tout entier. Je recon-
nus Mme Annesley à une distance qui m'eût
caché toute autre femme qu'elle. Elle était
seule. Ah! c'était le ciel qui me l'envoyait
ainsi! Je réprimai un cri de sauvage.

« Comme elle n'avait pas les mêmes raisons
que moi pour voir de loin, elle s'avança sans
défiance, et quand elle me reconnut, il n'était
plus temps de m'éviter. Désagréablement surprise sans doute :

« — *Caramba !* fit-elle. Espèce de juron dans
sa langue svelte et sonore, et qu'elle disait souvent avec une expression mutine et colère,
que, comme tout en elle, j'avais le tort de
trouver charmante ou détestable tour à tour.

« Je la saluai en l'abordant :

« — Madame, lui dis-je, le hasard m'est
meilleur que vous. Il s'est chargé de me donner un rendez-vous que je n'aurais pas osé
demander.

« Nos chevaux se trouvaient alors tête à
tête. Elle s'était arrêtée, me voyant m'arrêter,
mais elle ne me rendit pas mon salut. Elle
resta droite sur sa selle, et me montrant du
bout de sa cravache le chemin devant moi et
le chemin derrière elle :

« — Le hasard est un sot, reprit-elle. Il n'y

a point ici de rendez-vous, mais une rencontre.
Voilà votre chemin, monsieur, voici le mien ;
passez !

« Elle avait, du haut de son cheval qui
piaffait, avec sa cravache étendue, un ton de
commandement si absolu qu'il provoquait la
résistance comme un outrage. Et je lui répondis avec une fermeté de résolution que ses
airs les plus superbes ne devaient point en-
tamer :

« — Je ne passerai point, señora. C'est moi
qui serais le sot si je laissais échapper l'occasion
inespérée de vous voir et de vous parler. Ici
vous ne m'éviterez plus... Si vous fuyez, je
vous suivrai. Avez-vous envie de faire avec
moi une course au clocher jusqu'à Paris ? Je
ne suis pas bien sûr que vous ayez lu toutes
les lettres que je vous ai écrites. Ici du moins
vous m'entendrez, si vous ne me répondez pas.
Vous êtes seule...

« — Pas pour longtemps, dit-elle. Sir Réginald est arrêté dans un de ces chalets, qu'il
veut louer pour la saison. Il sera ici tout à
l'heure. » Je trouvai d'assez mauvais goût
qu'elle me parlât de son mari.

« — Eh bien ! répondis-je, alors comme
alors ! Mais en attendant qu'il arrive, je vous
demanderai, señora, une explication sur l'é-
trange conduite que vous avez avec moi. Si

c'était de l'indifférence que vous m'eussiez
montrée, je ne vous dirais rien, et je ne vous
demanderais rien, je souffrirais en silence. Mais
c'est de la haine; j'ai le droit de vous demander raison de cette haine. Que vous ai-je fait
pour me haïr?...

« Mon sentiment pour elle s'attestait dans la
pâleur ravagée de mon visage depuis quelques
jours et par les intonations de ma voix en lui
disant ce peu de paroles. Était-ce cela qui la
rendait muette?... Comme il fallait qu'elle
massacrât toujours quelque chose, elle hachait
rêveusement à coups de cravache les jeunes
pousses d'un arbre qui se penchait aux bords
du chemin.

« — Oui, dis-je, augurant bien de cette
rêverie, ne me souvenant que de mon amour,
pourquoi me haïssez-vous, vous que j'aime
d'un amour qui désarmerait de la haine la plus
légitime et la plus profonde? Que vous ai-je
fait? Vous ai-je offensée? Ne vous ai-je pas
demandé pardon de ce mot de l'autre jour si
cruellement rappelé par vous au souper du
comte de Marcuil? Je vous en demande pardon
encore. Je vous en demanderai pardon toujours. C'était le blasphème de l'ignorance; je
ne vous connaissais pas. C'était un blasphème
contre le Dieu inconnu que j'allais adorer.

« Tout cela, marquise, n'était pas très-éloquent, mais c'était sincère ! et la vérité de mon âme passant à travers mon langage lui donnait peut-être quelque puissance. Toujours est-il qu'elle m'écoutait.

« Nos chevaux avaient fait un pas. Ils se touchaient... nos coudes aussi. Je n'avais qu'à allonger le bras et j'enlaçais cette taille fine et voluptueuse qui produisait le désir par la souplesse comme d'autres le produisent par le contour. En deux temps, si je voulais, moi qui ne rêvais, depuis quelques jours, que d'entreprises extravagantes, je pouvais l'enlever de la selle, la coucher sur le cou de mon cheval et l'emporter dans la campagne, avant qu'on pût même venir à son secours.

« Cette idée me passait dans le cerveau et me donnait des vertiges. J'y résistais cependant, la voyant presque émue de mes paroles, souhaitant chevaleresquement d'être aimé, d'être aimé avant tout ; aimant mieux être aimé que d'être heureux !

« — Dites-moi, señora, lui dis-je, que vous croirez à mon repentir et à mon amour. Dites-moi que vous n'en repousserez pas l'expression ; que vous me permettrez de vous voir parfois, moi qui vous chercherai toujours.

« Mais relevant ses yeux, ces yeux frangés d'airain qu'avait baissés une rêverie mensongère, l'inexorable créature étendit de nouveau sa cravache sur le chemin que j'avais devant moi.

« — Je n'ai à vous dire que ceci, monsieur de Marigny, répondit-elle, pour la seconde fois, voilà votre chemin, passez !

« C'était trop. Ce froid mépris, retrouvé là, au moment même où je croyais avoir fait naître l'intérêt ému d'une femme qui se voit aimée, ce mépris glacé, implacable, laconique et têtu, souleva en moi une immense colère, qui emporta les dernières délicatesses de mon cœur. L'idée que j'avais combattue, de l'enlever de son cheval et de l'emporter comme une proie, s'empara de moi, avec la domination d'un désir de feu.

« L'amour et la fureur avaient tout tué, tout fondroyé, en moi, excepté l'homme. Je la saisis au-dessus des hanches et je m'efforçai de l'arracher de la selle ; mais c'était une écuyère consommée, et d'ailleurs mon mouvement l'avait avertie sans l'effrayer. Elle imprima une forte secousse à la bouche de son cheval et se couvrit du poitrail de la noble bête en la faisant cabrer.

« Sa colère montait jusqu'à la mienne. J'ai, un soir, au coucher du soleil, dans les bois de la Corse, blessé une aigle d'un coup de carabine. Elle me la rappelait.

« — Vous êtes un insolent ! me dit-elle,

faites-moi place ou je vous charge avec cette cravache à l'instant !

« Elle était superbement pâle, superbement courroucée, superbement posée, la cravache haute, sur son cheval cabré. Elle m'avait irrité d'abord, mais contradiction de l'amour ! elle me plaisait maintenant ; elle ne faisait plus que me plaire. Je la trouvais adorable. J'aimais cette fureur qui lui allait bien... et je me mis à la contempler avec ravissement au lieu de lui obéir.

« Ma contemplation fut fort troublée. Un aveuglant coup de cravache qui me fit voir mille éclairs me tomba à travers la figure et me la marqua d'un sanglant sillon.

« Malgré la douleur que je ressentis, je précipitai mon cheval sur le sien qu'elle avait rabattu, et j'eus le sang-froid et l'adresse de recevoir dans ma main ouverte et d'arrêter à moitié chemin le poignet délié qui s'était relevé comme la foudre pour retomber et frapper une seconde fois.

« De main de femme tout soufflet est un avantage pour qui comprend sa position.

« — Ah ! c'est assez comme cela, ma belle Clorinde, lui dis-je en souriant sous ma balafre, n'ayant plus que la plaisanterie française à opposer à cette furie espagnole. Vous marquez trop fort à la première fois les choses qui vous appartiennent pour qu'elles ne puissent pas très-bien se passer d'une seconde empreinte.

« Je lui tenais son petit poignet qui se tordait, qui se crispait dans ma main fermée. Elle aurait voulu l'arracher. Impossible ! Elle aurait voulu me voir furieux de ma blessure et je plaisantais. J'étais le plus fort. J'étais son vainqueur ; j'étais son maître. Ses sensations étaient inexprimables. Ce que j'avais manqué d'abord, je pouvais le recommencer. En lui tenant la main dans la mienne, je la repris à la taille du bras que j'avais libre. Je l'étreignais. Elle se débattait. Nos chevaux se choquaient, se mordaient. On eût dit le combat corps à corps de deux ennemis acharnés. Au fait, elle était mon ennemie !

« — Réginald ! Réginald ! se prit-elle à crier de toutes ses forces.

« — Señora, lui dis-je, c'est pis qu'un coup de cravache, un pareil nom ; je vais l'étouffer sur vos lèvres.

« Et quoiqu'elle se renversât jusque sur la croupe de son cheval pour éviter mon baiser de vengeance, elle allait pourtant le recevoir, quand un poing fermé et lourd comme s'il avait été couvert d'un gantelet me frappa si violemment sur l'épaule qu'il me fit chanceler sur ma selle.

« Je me retournai. C'était sir Réginald

Annesley que je n'avais point entendu venir dans ma lutte avec la Malagaise. Sa violente intervention était une injure et une attaque. Et d'ailleurs, elle l'avait appelé, appelé à sa défense contre moi! Il paya pour deux, pour lui et pour elle, et je lui rendis sur la figure le coup de cravache qu'elle m'avait donné.

« Alors avec ce flegme britannique qui est aussi une éloquence, le baronnet tira de sa poche deux petits pistolets et m'en tendit un :

« — A quatre pas! dit-il, et feu!

« — Non, monsieur, lui dis-je, repoussant son arme et pénétré de son sang-froid. Pas en cet instant, pas devant madame, mais demain et à l'heure qui vous conviendra.

« — Eh bien! répondit-il, demain à dix heures et dans ce chemin qui a vu l'injure et qui verra la punition!

« — Va donc pour dix heures! repris-je, en regardant cette femme inouïe, cause de ce duel que j'étais heureux d'avoir pour elle.

« — Pourquoi pas tout à l'heure? dit-elle en fronçant les sourcils, comme une enfant contrariée et despote, et s'adressant à moi avec un regret d'une cruauté révoltante :

« — J'aurais cependant bien aimé, dit-elle, à vous voir tué aujourd'hui. »

VIII

Sang pour sang.

(*Suite d'Une variété dans l'amour.*)

 RRIVÉ à cette partie de son récit,
M. de Marigny se tut un instant,
comme s'il eût voulu laisser place
à quelque observation de la marquise ; mais trop vivement inté-
ressée pour ne pas désirer connaître ce qui
allait suivre : « — Continuez, continuez, dit-elle
à son futur petit-fils.

« Nous revînmes à Paris, dit Marigny, par
des côtés différents. J'allai trouver Alfred de
Mareuil et je lui contai mon aventure. Il s'é-
tonna d'abord ; puis s'amusa beaucoup de ma
balafre, restituée au visage du mari. Il consen-
tit à me servir de témoin. « Il est fort probable,
ajouta-t-il, que sir Réginald va venir me demander le service que vous réclamez de mon

amitié. Vous avez bien fait de venir le premier. » Nous parlâmes longtemps de la Malagaise. J'épiais un peu, je l'avoue, ses sensations
sur sa physionomie. Mais rien dans sa personne, ni dans ses paroles, ne trahit la discré-
tion d'un homme heureux.

« Le lendemain, à neuf heures, nous étions
au hameau de Boulainvilliers, le comte de
Mareuil, le comte de Cérisy qu'il s'était adjoint
et moi. En allant, Mareuil m'avait raconté que
ses prévisions s'étaient justifiées, et que sir
Annesley l'avait prié la veille au soir de l'assister dans son duel. « Il se sera probablement,
dit le comte, adressé, sur mon refus, à quelque
compatriote en voyage, car il ne connaît personne à Paris. »

« Au moment où nous entrions par une
extrémité dans le chemin bordé de peupliers
que nous avions choisi pour notre rendez-vous,
nous vîmes arriver, à l'autre extrémité de ce
chemin, la calèche anglaise de sir Réginald
Annesley. Elle vint à nous du trot léger des
deux magnifiques chevaux alezans qui la traî-
naient. C'était un véritable gentleman que sir
Réginald Annesley. Quand il s'agissait d'un
duel, il se piquait d'exactitude. Il descendit
de sa calèche aussi lestement qu'il eût fait
devant Tortoni. Deux jeunes gens l'accompagnaient.

« — Ce sont mes témoins que je vous présente, messieurs, dit-il en nous saluant avec
politesse et dignité, et en donnant la main au
comte de Mareuil.

« — Et voici les miens, monsieur, répondis-
je, en désignant, du geste, MM. de Mareuil et
de Cérisy.

Il n'y avait plus qu'à faire les préparatifs
d'un combat dont personne de nous ne contes-
tait la nécessité. C'était au pistolet que nous
devions nous battre. On nous plaçait à la distance de quarante pas ; nous devions marcher
l'un sur l'autre et nous pouvions tirer quand il
nous plairait, même à bout portant.

« Pendant que l'on comptait les pas, le
croiriez-vous, marquise ?... j'avais reconnu la
Malagaise dans le second témoin de sir Réginald !!! Je pris par le bras le comte de Mareuil,
et l'entraînant à l'écart :

« — Vous rappelez-vous, lui dis-je, le fameux
duel du duc de Buckingham et du duc de
Shrewsbury, dans lequel la duchesse, déguisée
en page, tint le cheval de son amant, et dé-
campa avec lui quand le pauvre diable de mari
eut été couché sur le carreau ? Tenez, voici le
pendant et le contraste de cette célèbre aventure ! Voici une demoiselle d'Espagne qui va
donner à la grande dame anglaise une leçon
de moralité ! regardez !

« — Par la mort, c'est la Malagaise ! s'écria Alfred de Mareuil stupéfait, voilà qui est de plus en plus incompréhensible ! Quelle diable de haine enragée avez-vous allumée dans cette femme-là ? Cela passe toute proportion connue ; mais, je l'avoue, cela commence à me révolter. Oui, d'honneur, j'ai beau être amoureux d'elle, un pareil acharnement ne l'embellit pas. C'est odieux. Et sir Réginald, dit-il encore, qui consent à prendre sa femme pour témoin dans une affaire aussi sérieuse ! Ces Anglais ! poussent-ils loin l'excentricité !... J'ai envie de déclarer à ces messieurs ce qu'il en est, et de protester contre l'inconvenance de la présence d'une femme ici.

« — Gardez-vous-en bien, répondis-je. J'ai eu la même pensée que vous hier, quand sir Réginald m'a proposé le combat, place tenante ; mais aujourd'hui, non ! Jugeons cette femme. Allons jusqu'au bout. Sachons le mot de l'énigme, s'il y en a un. Et puisque la fille du toréador a soif de sang, qu'elle le voie couler !

« Je la regardais en parlant ainsi. Je n'en pouvais ôter ma vue. Était-ce une illusion dernière ? mais jamais elle ne m'avait paru plus charmante. Ce qu'en elle la femme avait d'irrégulier, de dur, de trop maigre, disparaissait quand elle était habillée en homme. Sa redingote de velours noir, serrée à la taille,

dessinait gracieusement son torse nerveux et
agile, qui provoquait si bien les frémissantes
étreintes de l'amour, en les défiant. Voluptueuse par la tournure, cruelle par la physionomie, de nous tous qui étions là pour tuer ou
pour voir mourir, elle était certainement la
moins émue. La haine tranquille couvrait son
visage, armé d'audace, d'un masque de lave
éteinte. Elle tenait dans ses petites mains, fines
et calmes, l'un des pistolets qui devaient nous
servir et qu'elle-même venait de charger.

« Le duel ne fut pas long, marquise ! A un
signal donné par le comte de Mareuil, sir
Réginald et moi, nous marchâmes l'un sur
l'autre. Je tirai le premier au dixième pas, et
comme je regardais bien plus ma fascinatrice
que mon adversaire, ma balle se perdit et
s'enfonça dans un des arbres du chemin. Je
dois lui rendre cette justice ; les instincts
généreux vivaient en sir Réginald Annesley.
Le sang, brûlé par les alcools et le jeu, roulait
encore de nobles gouttes. Il s'était avancé vers
moi, la main pendante, et la bouche de son
pistolet tournée vers la terre. Il s'arrêta quand
j'eus tiré, comme s'il avait méprisé l'avantage
de tirer sur moi sans danger pour lui. Il
hésitait, tenant toujours son arme baissée.

« — Tire, et tue-le donc ! fit l'implacable
Malagaise. Qu'attends-tu ?

« Et moi, ne voulant pas être en reste devant cet homme qui hésitait avec grandeur, je marchai carrément vers lui, en lui présentant toute la largeur de ma poitrine, et, par là, je le forçai à relever son arme, car il eût répugné à me tuer à bout portant. Le fils des premiers flibustiers du monde n'avait jamais manqué son coup. Il cligna de l'œil, fit feu d'une main ferme et m'étendit à ses pieds.

« La balle m'avait traversé de part en part.

« Je ne sais combien de temps je demeurai sans connaissance, mais quand je repris mes sens, je me trouvai dans mon appartement, en proie à une fièvre intense et à d'intolérables douleurs. Mes témoins m'avaient transporté chez moi. Ils me montraient un zèle affectueux qui s'élevait jusqu'au dévouement ; le comte de Mareuil surtout. Je le connaissais bien plus que le comte de Cérisy. Le temps que je passai sur mon lit de tortures, il vint me voir presque tous les jours. Fatalement, je lui parlai de la Malagaise. Son image, sa pensée ne me quittaient plus. Pendant la nuit, si ce que je souffrais ne m'empêchait pas de dormir, je la voyais incessamment sous ses vêtements d'homme. J'entendais sa voix acharnée s'écrier comme le jour du duel : *Tue-le, Réginald !* et, faut-il le dire ! l'amour fait-il de nos plus grands orgueils des lâchetés ? Tant de haine

n'appelait pas ma haine! J'aimais mon bourreau. Oh! quel supplice d'aimer son bourreau!
« Mon cher, me disait de Mareuil, nous nous
perdons dans cet abîme. Avec mon amour
pour elle, elle m'a fait positivement horreur,
jusqu'au moment où vous avez été frappé.
Mais à peine êtes-vous tombé, qu'un peu de la
femme s'est retrouvé. Elle est devenue pâle
comme on le devient quand on va mourir.
Trop occupé de vous donner les premiers secours et de vous rapporter à Paris, je n'ai pu
étudier ou deviner le genre d'émotion qui l'a
saisie. Était-ce de la haine satisfaite? de
la pitié ou simplement des nerfs montés
qui se détendaient?... Je ne sais, mais, du
moins, elle avait perdu le caractère de férocité, sombre et froide, qui m'avait tant révolté pendant le détail du combat. » Alfred
de Mareuil ajoutait une infinité d'autres choses.
Par exemple, après le duel, il avait été plusieurs jours sans la voir, quoique sir Réginald eût envoyé assez délicatement prendre de
mes nouvelles chez le comte, et qu'ils se
maintinssent tous les deux sur le pied de
familiarité intime où ils étaient depuis longtemps. Quand il la revit, il l'avait trouvée la
même femme. Il semblait qu'elle eût oublié
la part extraordinaire qu'elle avait eue à ce
duel dont elle avait été la cause. Il osa l'in-

terroger, mais elle lui dit simplement comme
si cela expliquait les plus étranges conduites :
Je le haïssais, voilà tout. Et elle ne répondit
plus à ses questions. « J'espère qu'il vous le
rend bien, señora, lui avait répondu le comte
de Mareuil, il vous doit un coup de pistolet
qui pouvait l'enlever aux plus jolies femmes
de son époque. L'amoureux n'en mourra pas,
Dieu merci, mais l'amour pourrait bien en
mourir. » En disant cela, le comte de Mareuil
était-il sincère ? Ne savait-il pas que le mal qui
vient de la personne aimée est une raison
pour l'aimer davantage, et que les grandes
passions savent vivre de ce qui tuerait de
médiocres sentiments ?

« J'en faisais alors l'expérience. Déchiré par
les plus atroces souffrances de corps et d'esprit,
j'idolâtrais la Malagaise qui m'avait infligé
toutes ces douleurs. Ma blessure était si dangereuse que je fus pendant deux mois entre
la vie et la mort. Cependant, je me soumettais
aux prescriptions du médecin avec l'obéissance
aveugle d'un homme qui a la passion de guérir. Je voulais guérir pour *la* revoir. Ce que
me disait de Mareuil n'étanchait pas mes soifs
de cette femme. L'amour, même violent, même
convulsif comme je l'éprouvais, n'empêche pas
l'exercice de la pensée ; il en double le jeu au
contraire. La haine de cette Espagnole était

un double problème qui aiguillonnait autan
les curiosités de l'esprit qu'elle exaspérait le
désirs du cœur. De plus, je remarquai bientô
que mon tendre ami de Mareuil ne répondai
plus à mes questions qu'avec contrainte, et j
m'inquiétai fort de cela. Je commençai d'être
jaloux. Je me persuadai que de Mareuil étai
fort embarrassé, dans la position où nous étion
l'un vis-à-vis de l'autre, de me parler d'une
femme qui peut-être avait fini par l'aimer, e
le rendait heureux. Cette idée ajouta à tout ce
que je souffrais. Ce fut là une autre blessure
plus incurable que celle de ma poitrine, qui
allait chaque jour se cicatrisant. J'aspirais au
moment où je pourrais sortir. Je me levais et
marchais dans mes appartements, mais le
médecin n'en permettait pas davantage. Une
fièvre nerveu , qui tenait plus à l'état de
mon âme qu'à une cause physique, me reprenait le soir et me forçait à me jeter au lit. Un
de ces soirs-là, je m'y étais mis de bonne heure ;
fatigué, n'en pouvant plus, je n'avais pas
même détaché ma robe de chambre, tant je
m'étais précipité à ce sommeil que j'aimais
pour les rêves qu'il m'apportait toujours. On
était au commencement de septembre. La
chaleur qui rendait ma guérison plus difficile
était étouffante. Le soleil était couché, mais la
nuit était loin encore. Je ne dormis pas long-

temps. Quelque chose de plus brûlant que la
chaleur qui m'oppressait, passa sur mes yeux
et me réveilla. Quand je les rouvris... Ah ! je
crus à une hallucination de ma tête affaiblie !
Je vis nettement la Malagaise, assise sur le
pied de mon lit, mais le buste penché vers moi,
ayant pour point d'appui sa main posée près
de mon épaule. Son visage effleurait tellement
mon visage, que c'était sans doute l'haleine de
sa bouche entr'ouverte qui était passée sur
mes paupières. Elle était immobile, silencieuse,
et pâlie, maigrie, changée, méconnaissable,
mais les yeux toujours vivants, ces yeux vam-
pires qui vous suçaient le cœur en vous regardant, et qui, pour la première fois, cherchaient
les miens avec une douceur inconnue.

« — Ah ! mon Dieu, toujours ce rêve !
m'écriai-je, effrayé et heureux en même temps
de ce qu'il ressemblait si fort à la vie.

« — Ce n'est pas un rêve ! dit-elle de sa
belle voix de contralto, qui m'attesta, par une
sensation de plus que je ne dormais pas, c'est
la réalité, c'est Vellini.

« Et, en effet, marquise, c'était elle, chez
moi ! assise sur le bord de mon lit ! Comment
y était-elle venue ? Elle ! Vellini, mon ennemie ! cette femme cruelle qui avait voulu me
voir mourir !

« Je crus à quelque épouvantable ruse, à

quelque lâche ironie de cette femme vindicative et haineuse, qui comptait peut-être sur ma
blessure pour braver sans péril la passion dont
elle venait attiser et tromper les ardeurs.

« — Ah! pensais-je, tu te risques dans l'antre
du lion, imprudente!

« Je me soulevai sur mon séant. Mon
visage disait trop ma pensée. Elle me devina.

« — Restez, reprit-elle. J'ai fait ce que vous
allez faire. La porte est fermée à double tour.
Voici la clef.

« Et elle me la tendit comme on offre les
clefs à un vainqueur.

« — Je n'ai pas peur, Ryno, dit-elle en
croisant les bras avec résolution sur sa poitrine,
j'ai assez lutté, mais je suis vaincue. Je ne me
donne pas, vous m'avez prise ; faites de moi
ce que vous voudrez.

« C'était clair et hardi dans sa soumission
même. Cependant ce n'était pas assez... Il est
des bonheurs tellement grands, tellement ines-
pérés que, quand ils tombent à vos pieds un
jour, vous ne savez comment vous y prendre
pour les ramasser.

« — Eh quoi, vous m'aimeriez! lui dis-je.

« — Comme une folle, interrompit-elle avec
une passion qui fit sur moi l'effet d'une bouffée
de flammes. J'ai commencé par vous haïr.
Mais ma haine, c'était de l'amour encore.

Quand je vous ai vu pour la première fois devant Tortoni, cette femme qui vous paraissait si froide était, foudroyée. Je ne sais quoi m'avertissait que vous pourriez me devenir fatal et courber un jour cette altière Vellini qui, toute sa vie, se joua de l'amour des hommes! D'effroi je me mis à vous haïr avec frénésie. Le mépris que vous fîtes de moi, cette mine hautaine qui me déplaisait par sa hauteur même, mais malgré moi, imposait à ma pensée et captivait mon souvenir; ce que le comte de Mareuil me dit de vous et de votre empire sur les femmes, tout augmenta mon épouvante et ma haine, car ces deux sentiments étaient en moi. Je suis une orgueilleuse. Votre orgueil blessait et irritait le mien. Quand, à souper chez de Mareuil, vous me parlâtes de votre amour, je crus que c'était la fantaisie blasée d'un homme gâté par les femmes qui vous repoussait vers moi. Vous m'aviez trouvée laide, mais je résistais! Je ne vis là que sûreté de vous-même, sentiment de votre force et caprice. Plus tard je crus à votre amour. Mais quand je ne doutai plus de votre passion pour une femme qui, après tout, en avait inspiré plus d'une... je fus heureuse... oui, heureuse! de vous faire souffrir! Souffre donc, orgueilleux, me disais-je, souffre donc par moi et pour moi. Cette pensée ne me quittait pas.

J'en jouissais au fond de mon âme. Je ne vous
fuyais que pour vous faire souffrir davantage,
tout en me préservant de vous. Ah! je voulais rester moi-même! Je réchauffais ma haine
dans mon sein quand ce serpent voulait s'en-
gourdir. Je l'exagérais, je la grandissais, pour
échapper à l'amour dont j'étais menacée, que
je sentais dans ma haine! dans ma haine qui
ne l'étouffait pas! qui ne pouvait pas l'étouffer!
Je m'indignais jusqu'à la fureur de cette im-
puissance. J'agissais toujours de manière à
m'attester quelle n'existait pas. Voilà pourquoi
je suis venue à ce duel dont vous avez été victime. Voilà pourquoi j'ai chargé l'arme qui
devait vous blesser! que j'ai crié « *tue-le, Réginald!*... Il me semblait que cette puissance
que vous aviez, et contre laquelle je combat-
tais, je la noierais dans votre sang répandu;
que, vous mort, je n'aurais plus personne à
craindre. Me suis-je trompée? J'étais stupide.
Quand vous êtes tombé sous la balle, j'ai senti
que j'étais perdue... Si vous étiez mort, je me
serais poignardée...

« Je la pris dans mes bras avec délire et je
la couvris de caresses.

« — Oui, serre-moi contre cette poitrine
que j'ai fait blesser, dit-elle. A la force de tes
étreintes, montre moi que la vie t'est revenue,
mon Ryno! Une autre que moi te dirait tout

ce qu'elle a souffert depuis quarante jours.
Mais moi, non! je ne me vante que de t'aimer.
Regarde et devine! Tiens, ajouta-t-elle en
soulevant ses bandeaux, torrents de cheveux
noirs vigoureusement ondés à ses tempes, les
cheveux m'ont blanchi. — C'était vrai, marquise! — Ah! j'ai vieilli, reprit-elle, dans les
remords et les inquiétudes tant de nuits! Je
suis venue ici secrètement, en versant de l'argent à pleines mains. J'ai obtenu de ceux qui
te soignaient de passer les nuits près de toi.
Quand tu te réveillais, je me cachais pour ne
pas te causer d'impression funeste. Tu ne te
plaignais pas, tu souffrais comme un homme.
Mais tu n'avais pas besoin de te plaindre pour
que je sentisse dans mon sein les morsures de
l'acier qui avait déchiré ta poitrine. Enfer pour
qui a le sang que j'ai dans les veines! Il fallait
respecter ton repos; il fallait ne pas baiser
cette bouche qui disait mon nom dans le sommeil! ce front que j'avais balafré! Moi, qui
n'ai jamais résisté au moindre désir de mon
âme, j'étais enfin domptée par la terreur de
faire mal à l'homme que j'aimais...

« Enivré par ces ardentes paroles, je hachais
de baisers ce qu'elle me disait. Tout à coup
je rencontrai sous ma main quelque chose de
dur qui roulait entre le corset et la poitrine de
la Malagaise.

« — Qu'est-ce que cela ? lui dis-je.

« — C'est le plus précieux de mes bijoux, répondit-elle en écartant les bords de sa robe échancrée en cœur, et elle me montra la balle extraite de ma blessure qui meurtrissait sa peau brune et fine.

« — Vois-tu, reprit-elle, quand on a sondé ta blessure, j'étais là, tu ne me voyais pas. Je me dérobais derrière les rideaux, mais j'étais là. Je n'approchai de toi que quand tu fus entièrement évanoui sous la douleur qu'on te fit endurer. Le médecin me prit pour ta maîtresse ; il se trompait : je n'étais encore que ton esclave. Je me jetai sur cette plaie saignante ; il m'en écarta ; mais je saisis son scalpel, et je menaçai de l'en frapper s'il résistait à ma volonté. J'avais entendu dire que sucer les blessures les empêchait d'être mortelles, et je voulus sucer la tienne.

J'ai donc bu de ton sang ! ajouta-t-elle avec une inexprimable fierté de sensuelle tendresse. Ils disent dans mon pays que c'est un charme... que quand on a bu du sang l'un de l'autre, rien ne peut plus séparer la vie, rompre la chaîne de l'amour. Aussi veux-je, Ryno, que tu boives de mon sang comme j'ai bu du tien. Tu en boiras, n'est-ce pas, mon amour ?...

« Et rapidement, car elle avait la rapidité au même degré que l'indolence, elle prit un

petit poignard caché dans sa ceinture, et elle
en fit briller l'acier avec une coquetterie sauvage.

« Je lui saisis le bras de vive force.

« Mais le courroux traversa ces sombres
prunelles d'un éclair plus incisif et plus bleu
que celui de la lame qui resplendissait dans sa
main. Elle frappa du pied avec violence. Les
veines de son cou se gonflèrent et noircirent.

« — Cela sera, dit-elle avec un de ces em-
portements familiers avec son caractère et sous
lesquels tout, dans sa vie, avait plié comme
sous l'ouragan. Du fond de sa colère, elle se
prit à sourire.

« — Tu ne me tiendras pas la main toujours,
dit-elle, avec la tranquillité du défi.

« Je la savais aussi opiniâtre que violente.
Ce n'était pas pour rien qu'elle avait ce front
bombé, sur lequel le rayon de lumière se brisait
vaincu. Je renonçai à exalter sa folie en la
combattant : j'abandonnai la main que je tenais.

« Alors elle écarta avec un geste d'une len-
teur triomphante la dentelle qui recouvrait la
ferme tablette de la poitrine.

« — Écoutez ! lui dis-je de toute l'autorité de
ma parole, vous m'avez dit que vous m'ap-
parteniez ; vous m'avez dit que j'étais votre
maître. Ceci est à moi ! Je vous défends de
vous frapper là.

« — Eh bien! au bras! répondit-elle.

« Elle l'avait nu. J'essayai de diriger sa
main et de retenir le stylet sur la peau effleurée;
ce fut en vain. Elle l'enfonça avec une résolution souveraine. Un flot d'un pourpre profond
inonda son bras bistré.

« — Tiens, bois! me dit-elle.

« Et je bus à cette coupe vivante qui frémissait sous mes lèvres. Il me semblait que c'était
du feu liquide, ce que je buvais!

« Tout cela, marquise, était bien absurde,
bien superstitieux, bien insensé, presque barbare; mais si ce n'avait pas été tout cela,
aurais-je aimé cette femme comme je l'ai aimée? Je puisai sans doute dans sa veine ouverte l'avant-goût des voluptés cruelles, la soif
du bonheur agité, brûlant, orageux, qui pendant
longtemps fut ma vie. A partir de ce soir-là,
Vellini devint ma maîtresse, et elle justifia par
des largesses de reine et l'empire des plus
inexprimables sensations le titre dont elle était
si fière.

« — Sur ce simple échantillon, dit la marquise, je comprends déjà vos dix ans.

« Vous comprenez, n'est-ce pas? reprit Marigny, qu'ils ressemblèrent toujours un peu à
ces premiers moments que je viens de décrire.
L'amour, dans ses intimités les plus voulues,
dans l'abandon de ses habitudes les plus chères,

porte éternellement la marque de son origine.
On continue de s'aimer comme on commença.
L'amour de Vellini s'était nié à lui-même qu'il
existât; il avait combattu avec acharnement
contre sa propre violence. Au nom de l'orgueil
inquiet et blessé, au nom de l'indépendance de
la vie menacée, il avait réagi avec une opiniâ-
treté furieuse contre l'être qui l'inspirait. Puis
il s'était déclaré vaincu et mis aux pieds de son
vainqueur, lui offrant la dépouille opime de ses
résistances désavouées, altéré du double bonheur de la confiance et des caresses. Mais cet
amour ne changeait pas le caractère de Vellini.
L'asservissement de cette âme impérieuse, qui
s'était rejetée à la haine pour ne pas se livrer
à l'amour, ne fut pas si grand, si complet que
parfois elle ne se relevât, comme l'acier d'une
épée qu'on plie sur le pavé, de toute sa hauteur, sous ma main. Il avait beau m'être attaché par des liens de feu, ce cœur s'insurgeait
souvent contre moi. De mon côté (mystérieuse
et naturelle sympathie!) moi, qui n'avais pas
cherché comme elle à étouffer dans mon âme
la passion qu'elle y avait allumée, je sentais la
haine et la colère passer quelquefois à travers
l'amour! Jusque dans l'intimité la plus profonde, ces chocs soudains de nos deux âmes
nous refaisaient ennemis armés l'un contre
l'autre et communiquaient quelque chose d'hor-

riblement fauve aux caresses dont nous nous
repaissions.

« Mais ce ne fut point les jours qui suivirent
le soir où la Malagaise avoua sa défaite que
ces choses survinrent, ce fut plus tard. Tout
d'abord nous ne fûmes qu'heureux ; et si le
bonheur nous dévora, du moins nous, nous
nous épargnâmes, Je fus bientôt entièrement
guéri de ma blessure ; mais je n'avais pas de
raison pour sortir d'un appartement où Vellini
venait tous les jours. Elle arrivait, furtive et
voilée. Quand elle entrait, elle bondissait dans
mes bras, et c'était avec les mouvements des ti-
gresses amoureuses qu'elle se roulait sur mes
tapis en m'entraînant avec elle. Marquise, je
puis dire ces choses à une femme comme vous.
Bien des cœurs, plus ou moins épris, avaient
battu sous ma main, mais jamais je n'avais vu
ni éprouvé de tels transports. Il y avait en
Vellini un magnétisme secret dont elle me faisait partager l'empire, et qui pénétrant invin-
ciblement au plus profond de mon être, en
partait pour retourner au centre du sien. Je
n'aurai point de fausse honte avec vous, marquise, qui vous moquez des hypocrisies de ce
siècle. Oui, notre amour, cet amour qui avait
commencé par la haine, et qui avait bu du
sang pour s'éterniser, était surtout physique et
sauvage. Seulement la possession, ordinaire-

ment si meurtrière, le vivifiait, l'accroissait au lieu de l'anéantir. Il n'avait pas les langueurs rêveuses ni les contemplations muettes qui prennent les amants rassasiés et les rejettent à la vie de l'âme, entre deux bouchées de caresses. Mais c'est que les sens fatigués n'étaient jamais assouvis! Vellini, d'entre toutes les femmes peut-être, était la seule qui savait en éterniser les voluptés délirantes.

« Nous passâmes à peu près quinze jours dans cet enlacement brûlant qui fait si bien oublier le monde à deux êtres accablés de bonheur... Mon appartement était situé rue de la Ville-l'Évêque, dans le pavillon d'un mystérieux jardin, où les bruits venaient mourir comme la lumière. C'est là que nous nous créâmes cette solitude, nécessaire à l'amour. Je ne recevais personne. A tous ceux qui se présentaient pour me voir, on répondait que j'étais à la campagne. Je voulais, par là, éviter le comte de Mareuil dont la conduite, à mon égard, avait été parfaite, et lui épargner le soupçon d'une félicité qu'il aurait peut-être devinée dans mes paroles ou dans mes regards. Et puis, je voulais être libre ! Maîtresse de son temps et de ses démarches, Vellini venait tôt et s'en allait tard. Je l'attendais quand elle n'était pas venue, et quand elle était partie, je recommençais de l'attendre ; cercle de sensations intenses

dans lequel je roulais et dépensais les forces
haletantes de mon âme! La vie pour moi
n'existait pas hors de Vellini. Je la passais tête-
à-tête avec mes souvenirs des jours précédents,
de la veille, d'il y avait une heure, m'enivrant
des traces laissées sur les meubles que son
corps souple avait pressés, qu'il avait tiédis et
où je la cherchais encore... On n'analyse point
de telles folies. C'en est même une autre que
de les rappeler. Pendant ces premiers quinze
jours, consacrés par les bouleversantes surprises
d'une volupté torréfiante, par des découvertes
dans les jouissances d'un amour qui peut tout
et veut tout, je vécus, moi, le Marigny que
vous connaissez, marquise, soumis à tous les
despotismes de cette femme qui avait tremblé
de m'aimer. Je lui donnai une clef de mon
appartement; je m'y laissai enfermer par elle.
J'eus la coquetterie de l'esclavage. Je fus l'odalisque de notre liaison et elle en fut le sultan.
Cela lui plaisait; cela flattait la fierté de son âme
autant que cela rassurait l'inquiétude jalouse
attachée à tout grand amour; et moi, cela me
plaisait aussi; cela me plaisait de la voir vraiment souveraine et maîtresse; volontaire, impérieuse, jusque dans mes bras; lionne fré-
missante dont le courroux était si près de la
caresse!

« Je vous ai dit, marquise, qu'elle s'en allait

tard. Son mari, sir Réginald Annesley, livré à
son goût effréné pour le jeu, passait ses nuits
dans les tripots et ne rentrait guère à l'hôtel
que vers le matin. C'était à cette heure aussi
que les bras enlacés se dénouaient, et qu'un
dernier baiser scellait tristement nos adieux.
Je l'enveloppais alors, pâle de plaisir et les
artères encore palpitantes, dans un long châle
qui lui cachait la taille, et je la reconduisais
souvent en voiture, quelquefois à pied. Une
fois l'heure était plus avancée que de coutume.
Le temps avait vainement marqué son passage. Plongés, perdus dans l'abîme de nos
sensations, nous n'avions rien entendu. Le ciel
commençait à blanchir, et je le lui dis.

« Mais elle écouta, sans sourciller, la petite
diane d'épouvante que je lui sonnais :

« — Bah ! répondit-elle, avec l'enfantillage
audacieux des passions fortes et l'imagination
des filles du Midi : je veux, Ryno, que le soleil
me voie dans tes bras ce matin.

« Rien ne m'avait annoncé ce nouveau et
brusque caprice qui était de l'amour encore,
mais pouvait être une dangereuse imprudence.
Son front, que léchaient, en passant, les flammes
de la passion satisfaite, mais qui, même quand
la bouche criait de plaisir, restait toujours impénétrable, ce front, hélas ! de femme aimée
qui souvent m'avait fait comprendre que Cali-

gula tranchât la tête à sa maîtresse pour voir
ce que cette tête cachait, n'avait point trahi sa
pensée depuis cinq heures qu'il reposait, sur
mon épaule, et que je le couvrais de baisers.
Maintenant il s'entr'ouvrait un peu.

. « — *Cariño,* reprit-elle, ne parle pas d'imprudence. Je veux rester et je le puis. Tiens!
vois ma main, je n'ai plus mon alliance. Je
l'ai brisée tantôt sous le talon de ma bottine,
en annonçant à sir Réginald que je t'aimais.

. « — Vraiment! repartis-je, encore plus heureux qu'étonné de son action, car je savais
dans quel fier moule Dieu l'avait jetée, et
combien son énergique nature avait besoin de
sincérité.

« — Oui, dit-elle, je n'ai pas voulu le tromper. J'avais voulu l'aimer quand il m'épousa à
Séville, mais ce que tu m'as mis dans le cœur,
Ryno, m'a bien fait voir que je ne connaissais
pas l'amour.

« — Et qu'a-il répondu? lui demandai-je.

· « — Il est terriblement jaloux, répondit-elle,
et après le jeu et le porto gingembré, je suis
encore ce qu'il aime le mieux. Il est donc entré
en fureur. Je m'y attendais. Si je ne l'avais
pas évité, il m'aurait porté dans la poitrine un
coup de poing de son pays. Pour ne pas le
frapper comme on frappe dans le mien, j'ai
jeté mon *cuchillo* à l'autre bout de la chambre.

Mon calme a glacé sa sanguine colère. Il est tombé dans une apathie brutale. Et moi, je me suis tranquillement enveloppée de ma mantille, et je suis sortie de l'hôtel qu'il habite, pour ne jamais, vois-tu, y remettre ce pied-là.

« Et elle souleva son pied légèrement, un pied busqué qui atttestait la race de sa mère. Je le pris dans mes mains et je le baisai.

« — Tu m'appartiens donc toute ! lui dis-je avec l'orgueil de la possession complète, non plus de celle qui triomphe derrière les rideaux d'une alcôve et les faussetés du monde, mais de celle qui foule avec dédain tous les masques et se montre hardiment à ce monde sans cœur.

« — Oui, répondit-elle, en levant la tête avec un orgueil plus rayonnant encore que le mien, je n'étais ta maîtresse qu'ici. A présent, je la serai partout. J'étais la femme légitime d'un baronnet anglais, sir Réginald Annesley. Je ne suis plus que Vellini la Malagaise, la maîtresse publique de Ryno de Marigny. »

IX

L'égoïsme à deux.

Suite d'Une variété dans l'amour.

E lendemain, continua M. de Mari-
gny après une nouvelle pause, tout
Paris, le Paris des jeunes gens de la
rampe de Tortoni et du balcon de
l'Opéra, sut que Mme Annesley avait
quitté son mari pour me suivre. Mon ami, le
comte de Mareuil, reçut cette nouvelle comme
un coup de tonnerre, mais sa passion, très-réelle
au fond, l'emportant sur son ancienne vanité et
le dandysme tenant toujours, de sa main gan-
tée, les rênes blanches de sa conduite, comme
il tenait celles de son tilbury, il ne fit pas d'éclat
et resta de bon goût avec moi. J'avais gagné
cette fameuse partie que nous avions engagée
un certain soir, et dont l'amour de la Malagaise était l'enjeu. Nous avions joué à visage

et à jeu découverts. Il avait même souri, me croyant perdu. C'était lui qui l'était, au contraire ! Que pouvait-il me reprocher ?... Je comprenais maintenant le silence dans lequel, lors de ses dernières visites, il s'était réfugié quand je lui parlais de la Malagaise. Avec le flair de l'homme amoureux, il avait senti que j'étais aimé au moment où, défiant comme tout cœur qui désire, je n'eusse osé croire à un tel bonheur. Son chagrin n'eut point de rancune. Il vint plusieurs fois me voir et me parla avec grâce de ce qu'il souffrait.

« — Après tout, me dit-il un jour, vous l'avez bien achetée. C'est le prix de votre sang. Elle a failli vous faire tuer. Mais comme je ne veux pas qu'elle me tue, moi ! et à petit feu, je vais voyager de nouveau et tâcher de l'oublier, à force d'éloignement et de distraction. »

« Et peu de jours après cet entretien, il partit. Je l'ai revu deux fois depuis, l'une à Hambourg, l'autre à Stuttgard. Il était devenu aussi joueur que sir Réginald Annesley lui-même. Quand il me rencontra ces deux fois, il me fit la même question. « L'avez-vous toujours ? » me dit-il. Je savais de qui il parlait, et je répondis affirmativement. « Et moi aussi, ajouta-t-il avec une tristesse qui me toucha, je l'ai toujours... dans le cœur. » En était-elle sortie quand, plus tard, il mourut tué d'un coup d'épée,

à propos d'une sotte question de lansquenet ?
Quoi qu'il en soit, marquise, ce n'est pas une
des moindres preuves de la puissance de Vellini
que d'avoir inspiré une passion si profonde
pour rien à un dandy spirituel, opulent, et qui
avait passé toute sa vie à rire des passions malheureuses, comme le comte Alfred de Mareuil.

« Je restai, tout cet hiver-là, à Paris. Je pré-
voyais quelque nouveau duel avec sir Réginald
Annesley ; mais, à mon grand étonnement, je
n'entendis point parler de lui. Dans ma position
à son égard, il ne me convenait pas plus de l'é-
viter que de le chercher. Je devais l'attendre,
il ne vint pas. J'appris qu'il se plongeait avec
un redoublement de furie dans le jeu et dans
les alcools. Il s'efforçait, sans doute, d'oublier
cette femme qu'il avait épousée par folie de
tête et de sens, et qui l'abandonnait pour un
autre, à la première occasion. Vous l'avez vu,
marquise, c'était un homme d'un tempérament
énergique ; un fort mélange de Normand et de
Saxon. Comment son orgueil, sinon sa douleur,
ne le poussa-t-il pas vers moi pour tirer vengeance de l'injure que je lui faisais ?... Qui le
retint ?... Toute âme d'homme est bizarre, mais
l'âme d'un Anglais l'est deux fois !... Oui, peut-
être pensa-t-il que s'il s'acharnait à reprendre
cette femme qui était la sienne, au nom de son
droit légal ou de sa force individuelle, il n'était

pas près d'en avoir fini avec nous ; que nous
étions deux contre lui, deux dont il connaissait
un, car il devait savoir par expérience s'il était
aisé de subjuguer Vellini. Oui, peut-être
pensa-t-il que s'il s'engageait dans cette voie,
il s'arracherait lui-même tout vivant à ce jeu
qui le tenait par les entrailles, plus encore que
cette Malagaise, aimée comme les Anglais savent aimer, par orgueil, par ennui, épousée
d'ailleurs, connue, possédée ? Joueur avant tout,
accoutumé de croire au sort, les battements
incoërcibles du cœur de Vellini pour moi
étaient l'arrêt de son destin, à lui. Puis, il n'a-
vait pas d'enfants d'elle. Elle cessait de porter
son nom. Elle ne lui demandait pas une livre
sterling de sa fortune. De toutes les richesses
qu'il pouvait jeter dans le gouffre qu'un joueur
ne comble qu'avec son corps, elle n'avait emporté que quelques bijoux donnés par sa mère et
sa mantille. Il ne vint donc pas : il me la laissa.

« Elle voulut habiter avec moi, dans mon
appartement, rue Ville-l'Évêque. Je ne m'en
souciais qu'à moité, non par un motif élevé de
convenance ; j'étais si jeune et si fou ! mais pour
une raison plus frivole, tirée de la seule élégance des mœurs. Je ne trouvais pas digne de
moi de n'avoir qu'une maison avec ma maîtresse
comme avec une femme légitime, mais elle
l'exigea violemment, et elle m'étreignait dans

les liens d'une félicité si puissante que je cédai.
Vous pouvez penser, chère marquise, quel
éclat fit cette habitation publique, officielle,
qui bravait la honte, d'une femme mariée, avec
son amant, et d'une femme qui avait quitté
son mari, en lui disant où elle allait. On en
parla partout. Le scandale fut complet. Moi
qui tenais à la haute société de Paris par ma
naissance et mes relations, j'inspirai toutes sortes d'horreur à des femmes que vous connaissez, et qui pourtant ne me fermèrent pas leurs
salons. Vellini n'appartenant pas à cette société
où l'opinion trône sur toutes les lèvres, ne put
pas souffrir de ces jugements qu'elle ignorait.
Elle les aurait connus, du reste, qu'elle eût
aimé à les braver. C'était presque autant pour
tenir tête au monde que pour vivre d'une vie
plus intimement fondue qu'elle avait voulu
habiter avec moi. D'une audace de cœur impassible, ne trouvant jamais dans son âme ces
préjugés qui engendrent toutes les lâchetés de
la vie des femmes, extérieure comme une fille
du Midi, elle éprouvait de mâles jouissances
de fierté à projeter son amour au-dehors d'elle.
Où les autres femmes auraient placé leur abais-
sement, elle plaçait sa gloire. Elle eût volon-
tiers écrit sur ses cartes de visite qu'elle était
ma maîtresse. Combinaison singulière de soumission orgueilleuse et de caprice obstiné et

despote! Avec le monde, elle eût fait briller fastueusement à tous les yeux le collier de force sur lequel elle aurait aimé à graver son nom; et avec moi, tête-à-tête, au sein de l'amour le mieux partagé, elle l'aurait détaché de son cou, pour le mettre au mien!

« Nous passâmes à Paris toute cette première année d'une liaison qui devait durer dix ans. Comme tout homme, ayant près de lui les mille satisfactions d'une passion qui a pris sa vie, je n'allais dans le monde que poussé, entraîné par mes amis. Je revenais vite auprès de Vellini. J'y revenais avide de tout son être, plus affamé que jamais de cette intimité, dans laquelle, l'un et l'autre, nous avions concentré nos désirs. Je la retrouvais, m'attendant toujours, à la place où je l'avais laissée, la ceinture détachée, comme elle l'avait quand j'étais parti, les cheveux dénoués, plongée dans la torpeur de cette paresse, sous laquelle couve l'électricité des natures sensuelles. Quoiqu'elle fût jalouse à rappeler, par ses furies, cette Margarita aimée de lord Byron pendant son séjour à Venise, elle était bien sûre, à l'expression que j'avais en la revoyant, de n'avoir point de rivales. Qu'étaient alors pour moi les femmes que j'avais le plus admirées, celles qui parmi les patriciennes du faubourg Saint-Germain réunissent à la beauté la plus imposante la

grâce suprême des manières et l'aiguillon scin-
tillant de l'esprit ?... Folie des passions ! ensor-
cellement des choses nouvelles ! allez, marquise,
je leur préférais mon indolente Malagaise dont
la vie, comme celle des lionnes du désert, s'é-
coulait entre les engourdissements du sommeil
et les voluptueuses fureurs de l'amour, entre la
sieste accablée et le réveil animé sur mon cœur !
Tout était contraste en cette nature nerveuse
et puissante. Elle continuait d'être, dans le
détail de chaque jour, ce qu'elle s'était montrée
dans le souper du comte de Mareuil. Tantôt
d'un mouvement irrésistible, tantôt d'une iner-
tie lourde et froide. Inconstante comme la mer,
aussi vite soulevée, du moins elle n'était pas
perfide. Au contraire. Elle avait la loyauté des
êtres forts, l'insouciance hardie d'un enfant
gâté ou d'une courtisane, la profondeur du
sentiment de la duchesse sa mère, et, sous ses
formes déliées, le sang et les muscles de son
père, le toréador ! Le comte de Mareuil n'avait
rien exagéré en me racontant son enfance. Elle
avait été élevée de manière à ce que tous ses
instincts, bons ou mauvais, pussent se dévelop-
per dans toute leur incompressible vigueur ; et
pour moi, qui n'avais jusque-là connu et désiré que des femmes du monde, je respirais
avec dilatation l'âpre saveur de cette énergique
indépendance.

« A la fin de cette année, marquise, nous
partîmes pour l'Italie et pour le Tyrol. Pendant
quatre ans, à dater de cette époque, soit que
nous ayons voyagé, soit que nous soyons revenus séjourner à Paris, Vellini et moi, nous ne
nous sommes pas séparés. Jamais Lara ne fut
suivi plus fidèlement par son page que je ne
l'ai été par cette femme associée à ma vie er-
rante, et qui, en toutes choses, voulait partager mon destin. Il n'est pas un danger que
j'aie couru auquel elle ne se soit témérairement
exposée. L'amour seul, comme elle le ressentait, l'eût entraînée partout sur mes pas, mais
l'espèce d'âme qu'elle avait lui rendit cette existence plus facile. Orgueil, imagination, besoin
d'aventures, tout cela fermentait en elle autant
qu'en moi. Elle me disait souvent : « Mon âme
est jumelle de la tienne, » — et c'était trop
vrai ; car c'était l'occasion de ces luttes longues
et cruelles dont je vous ai parlé déjà et qui
s'élevaient entre nous, du sein même de la volupté. Elle avait l'art de soulever mes passions
avec les bizarreries ou les résistances de son
orgueil, et elle m'exaspérait tellement avec ses
incroyables caprices, quand j'avais le plus besoin de la langueur d'une femme et de son dé-
licieux abandon, que je me surprenais à lever
sur elle une main irritée ; transport dont je lui
demandais pardon, à travers mille baisers, une

minute après. Elle, de son côté, n'était pas plus
douce. Je l'ai bien des fois désarmée de son *cuchillo* au moment où elle allait s'en servir contre
moi pour qui elle eût donné sa vie. Vous sentez,
marquise, que pour résister à ses violences, il
fallait un lien forgé dans l'enfer d'une passion
implacable. Aussi, ne le traînions-nous pas
comme une chaîne, ce lien d'âme et de corps,
éprouvé aux flammes du plaisir ! Nous l'empor-
tions comme une emprise brûlante dont nous
étions fiers. Attachés ainsi l'un à l'autre, nous
traversâmes une partie de l'Europe sans la voir.
Aveugles pour tout ce qui n'était pas nous-
mêmes, ni les monuments de la nature et des
arts, ni les originalités des peuples ne purent
nous tirer de la stupidité abjecte ou sublime
d'une passion qui anéantissait l'univers. Peu
d'événements étaient de nature à modifier une
telle vie, une telle absorption de deux êtres
dans une même pensée. Le seul pourtant qui
pût ajouter à la profondeur de nos sentiments
arriva. Nous eûmes un enfant.

« Il était dit par la destinée que rien de ce
qui devait intéresser Vellini ou l'amour que
j'avais pour elle, ne ressemblerait aux choses
ordinaires de la vie, à ces circonstances plus
ou moins vulgaires qui sont à peu près les
mêmes pour tous. L'enfant de Vellini vint avant
terme. Elle le mit au monde au pied des Alpes,

sur le bord d'un torrent où nous allions nous
promener presque tous les jours dans l'été de
18.., et qui se trouvait à une assez forte distance du chalet que nous habitions. C'est là
que les douleurs la surprirent. J'avais la tête
sur ses genoux. Je la vis pâlir tout à coup, et
je ne sais quel effarement d'angoisse passer
dans ses profonds yeux noirs, qui pleuvaient
leur feu dans les miens et qui m'interceptaient
le ciel. Nous étions trop loin de tout secours
humain pour que j'osasse la quitter. Elle accou-
cha comme une des créatures du désert, comme
une fille de la nature, d'un enfant qui semblait
devoir vivre, tant il était sain, fort et beau !
Si, trente mois plus tard, nous le perdîmes, ce
fut d'une maladie violente. Vellini, dont tous
les sentiments se teignaient de sensations, montra à cette enfant, c'était une fille, une passion
qui ressemblait presque à l'amour des femelles
pour leurs petits. « Ah ! je l'aimerai, disait-elle,
comme m'aima ma mère. » Je savais comment
la duchesse, sa mère, l'avait aimée. De Mareuil
me l'avait raconté ; elle-même m'avait confirmé
cette histoire. Elle ressuscita donc ces éperdûments d'amour maternel qui étaient tombés
convulsivement sur son berceau et qui avaient
embrasé son enfance, libre et adorée. Elle, pourtant, comme la duchesse, sa mère, n'avait point
à prendre ce change sublime et cruel d'un

amour contre un autre amour; à reporter d'un être mort tous les sentiments de son cœur sur un enfant qui le rappelle. J'étais vivant, j'étais près d'elle, je l'aimais avec un délire plus fort que tous les orages qui passaient parfois entre nous. Mais, pour une âme comme la sienne, la passion maternelle se serait dégradée si elle avait pu tomber jusqu'à n'être qu'un dédommagement de l'amour. Non, son sentiment pour sa fille ne relevait que de lui-même, comme celui qu'elle avait pour moi, car elle n'était pas de ces femmes chez qui la mère tue tout ou diminue tout, quand elles sont mères. Elle avait le cœur assez grand pour deux.

« Ma chère marquise, les trente mois de l'existence de notre enfant passèrent avec la rapidité d'un beau rêve, mêlé, sans l'interrompre, à cette âpre réalité de l'amour qui nous étreignait. Au berceau de sa fille comme partout, Vellini était toujours, comme elle l'avait dit, la maîtresse de Ryno de Marigny. Que de fois entre-croisâmes-nous nos baisers au-dessus de notre fillette endormie et lui fîmes-nous, dans son sommeil, comme un dôme de mystérieuses caresses! Mais ces moments de douce et rêveuse tendresse ne duraient pas. Il y avait, dans cette brune fille de Malaga, dernière palpitation peut-être de ce sang mauresque, qui, en coulant pendant des siècles sur

tous les bûchers de l'Espagne, les avait mieux
allumés que les torches des bourreaux, une
sensuelle ardeur incorrigible qui se retrouvait
encore dans les plus chastes instincts de son
être. Plus tard, si sa fille eût vécu, les transports
dont elle était l'objet auraient eu certainement
leur danger. Ils auraient troublé son repos. Ils
auraient pu éveiller de trop bonne heure cette
volupté qui dort si bien dans l'innocence ; mais
Vellini ne se doutait pas qu'on pût aimer sa
fille autrement qu'elle aimait la sienne. Elle
obéissait à sa nature. Elle agissait, à son insu,
avec la spontanéité irrésistible des plus magnifiques sensations. Je savais cela ; je me le répé-
tais, mais la passion que j'avais pour elle
souffrait cependant de la voir si esclave et si
idolâtre ! Les folies qu'elle faisait avec sa fille
avaient je ne sais quelle ressemblance avec
d'autres folies que je connaissais... C'étaient
des cris, des frénésies, presque des lèchements
de bête fauve... Elle suçait ces grands yeux
qui la regardaient sans rien comprendre à
toutes ces furies maternelles. Elle mordait
amoureusement toute cette jeune et délicate
chair où filtraient les premières fraîcheurs de
la vie. Spectacle agitant pour mon âme ! Le
père était moins fort que l'amant jaloux !
« Qu'as-tu, Ryno ? me disait-elle, en relevant
une tête ivre, du visage de sa fille qu'elle em-

portait dans ses bras... Ah ! reprenait-elle, lisant
dans ma pensée et s'enivrant encore davantage
du bonheur de me voir si misérablement jaloux,
n'es-tu pas mon enfant aussi ?... » Et jetant là
sa fille, au risque de la briser, elle s'élançait à
moi, m'entourait de ses bras fragiles comme
s'ils eussent été faits de fer, me soulevait et
me portait, en riant, jusqu'à l'extrémité de la
chambre. Alors elle apportait et roulait sa tête
sous la mienne. Ah ! oui, c'étaient là des démences ! Mais n'avez-vous pas voulu les savoir,
marquise ? C'étaient des démences dont une
grande douleur ne put pas même nous guérir.
Nous perdîmes notre enfant. Nous étions à
Trieste. Elle expira après cinq jours et cinq
nuits de souffrances aiguës et une agonie dont
nous partageâmes les tortures. Le désespoir de
Vellini fut d'abord muet et terrible, car pour
cette femme qui criait de bonheur quand elle
était heureuse, ce silence dans lequel elle resta
plongée avait quelque chose de plus tragique
que les pleurs et les sanglots. Je craignis un
instant pour sa raison... Elle ne voulait pas
abandonner le cadavre de son enfant. La bouche
entr'ouverte, hérissée, rigide, vous l'auriez prise
pour une statue de l'Horreur. Ce ne fut que
quand un voile bleuâtre, plus épais et plus
affreux que celui de la mort, fut descendu sur
le front pur de la pauvre petite trépassée,

qu'elle comprit la nécessité de s'en séparer.
Seulement, l'idée que l'être à qui elle s'était
unie par tant de caresses allait être la proie
d'une hideuse destruction, renversa cette âme
primitive, cette imagination qui donnait à tout
une forme tangible et qui aurait vu toute sa
vie, comme la Zahuri des superstitions de son
pays, la dissolution du corps bien-aimé à travers la terre et les fleurs qui l'auraient couverte. « Brûlons-la plutôt, Ryno, » me dit-elle
un soir. C'était bien une idée digne d'elle,
d'une femme qui, sans efforts et en restant ce
que Dieu l'avait faite, foulait la vie ordinaire
sous ses pieds; mais son angoisse avait un si
auguste caractère et je m'associais si bien à
toutes ses sensations, que je résolus de lui
obéir.

« Il y a quelque part de l'autre côté de
Trieste, sur les bords de l'Adriatique, une place
déserte, indifférente à ceux qui passent, mais
qui me sera éternellement sacrée. C'est là que
nous brûlâmes notre enfant, cet enfant né de
l'amour, élevé par l'amour et mort dans l'amour
de ceux qui lui avaient donné la vie. J'avais
avec de l'argent et d'instantes prières obtenu
toutes les permissions de qui aurait pu s'opposer à une cérémonie si nouvelle. Elle eut
lieu la nuit, obscurément, et n'eut d'autres
témoins que quelques serviteurs fidèles, Vellini

et moi. J'avais fait construire un bûcher de pins
sur le rivage. C'est là que Vellini déposa de
ses propres mains le corps de sa Niña tant
aimée, de notre petite Juanita. Elle l'avait ap-
portée dans sa voiture, la tenant sur elle comme
si elle vivait. Elle l'avait revêtue d'un de ces
costumes, imaginés par elle et qui seyaient le
plus à la beauté de cette enfant, déjà fière et
sombre. Vellini, plus pâle et plus sombre encore que ce cadavre, qu'elle portait entre ses
bras passionnés, le coucha sur le lit funèbre.
Je la vis, à la lueur de nos torches, embrasser
une dernière fois cette bouche violette et glacée
dans laquelle elle eût coulé des torrents de vie
si la mort n'était plus forte que l'amour ; puis,
prenant un flambeau des mains de nos domestiques, allumer stoïquement le bûcher. Marquise, je n'oublierai jamais ce moment suprême !
La nuit était froide et noire. La mer, aussi
froide que la nuit, avait un sourd et triste murmure, en nous renvoyant les feux du bûcher,
dans le miroir uni de ses flots. Vellini qui,
jusque-là, avait eu les mouvements de la fièvre
et l'éclat d'une résolution désespérée dans les
yeux, commençait de pleurer des larmes silen-
cieuses qui ruisselaient sur ses joues meurtries,
pendant que la flamme s'élevait, en tournoyant,
vers le ciel chargé. J'étais navré, mais la douleur que je ressentais était plus grande parce

qu'elle m'atteignait à travers la sienne. Je ne
voyais qu'elle à cette flamme. C'était à elle que
je pensais plus encore qu'à cette pâle forme
qui allait disparaître pour toujours. Tout à coup
ses pleurs se séchèrent. Un cri rauque sortit
de son cœur. Le visage de sa fille était enveloppé... c'en était fait ! Un désir, le désir for-
cené des âmes fortes qui croient maîtriser l'impossible, s'était emparé de son être. Elle ne
l'avait pas assez embrassée, et elle se précipita
dans le feu pour la reprendre à la flamme,
grandie sous le vent, palpitante ! Elle aussi
sembla disparaître, mais d'un bond, je la
rejoignis ! Je la repêchai dans le brasier qui
l'eût dévorée, et je la rapportai, les yeux brû-
lés, à moitié morte... »

— Brave et courageuse créature ! fit la marquise émue, ne pouvant s'empêcher d'interrompre Marigny, tant son émotion était sincère !

— Dans mes bras, reprit Marigny, elle
s'était toujours ranimée. Elle s'y ranima encore
une fois. Mais en vain je voulus la tirer de ce
cruel spectacle. En vain essayai-je de la déposer
dans la voiture qui attendait. Elle s'obstina à
rester là jusqu'au matin. Le jour la vit, sur les
débris éteints et fumants du bûcher, ramasser
pieusement les cendres qui naguère avait été
sa fille. Un souvenir de l'Espagne, une impres-

sion de son passé, les lui fit porter le lendemain
au couvent des Carmélites de Trieste qui les
déposèrent en terre sainte. Après la femme,
reparaissait l'Espagnole. Seulement si elle céda
à l'empire de quelque croyance, retrouvée au
jour du malheur, à un des replis de son âme,
elle n'en éprouva point d'adoucissement à ce
qu'elle souffrait. Elle demeura bien longtemps
dans une douleur cruelle et farouche. Quand
elle fut épuisée de hurlements et de sanglots,
elle tomba dans une stupeur morne. Moi qui
l'aimais d'un amour attisé par elle, j'avoue que
l'égoïsme de ma passion s'épouvanta de la profondeur de sa peine. Je tremblais qu'elle ne
tuât l'amour dont j'étais altéré encore. Marquise,
j'avais tort de trembler. Cet amour résista
autant que le mien. La mère oublia dans mes
bras l'enfant arraché à sa mamelle. Vellini
était plus maîtresse que mère. Elle était si
complétement organisée pour la volupté, qu'il
la lui fallait toujours, même le cœur brisé par
l'angoisse. Elle s'y rejetait avec une avidité
vorace et sombre, et, comme toujours depuis
que nous vivions ensemble, elle me la faisait
partager.

« Nous voyageâmes quelque temps après la
mort de notre fille, mais le mouvement extérieur des voyages ne pouvait guère distraire
Vellini, devenue sinistre de tristesse. Ne vous

l'ai-je pas assez dit, marquise? le monde extérieur n'existait pas pour elle. Il n'y avait que
moi seul qui l'arrachât à l'idée dévorante de la
perte de notre chère enfant. Pour l'oublier, elle
se replongeait un peu plus avant dans cet
amour du fond duquel elle eût méprisé la colère de Dieu. Seulement quand elle sortait de
ses enivrements appelés sans cesse, dussent-ils
faire mourir, c'était pour rentrer pâle, épuisée,
dégoûtée, languissante, dans la pensée qui la
déchirait. Moi qui souffrais de toutes ses souffrances, moi qui épousais toute son âme, j'essayais souvent de lui parler le langage bon aux
cœurs brisés, mais le sien plus fier n'était ouvert à aucune consolation. Son chagrin la rendait hautaine, plus capricieuse, plus despotique.
Elle me repoussait et me blessait en me repoussant. La colère, si prête à jaillir de toute
passion sincère, me prenait et appelait la sienne.
L'injustice des êtres aimés fait tant de mal!
Des scènes cruelles avaient lieu alors... Ah! si
je l'avais moins aimée, j'aurais pu me dompter
peut-être, mais je l'aimais tant que c'était
impossible! Je la retrouvais tout ce qu'elle
avait été au début de notre amour. Elle me
paraissait dure, entêtée, folle, tout ce que
j'avais exécré déjà, et l'idée qu'elle était tout
cela, et que pourtant elle était la maîtresse
absolue de mon âme, qu'elle avait la puissance

de soulever mon âme, me rendait insensé à
mon tour et presque féroce. Je lui disais de ces
mots amers, aiguisés, empoisonnés par la haine,
car, en ces moments-là, je la haïssais !... J'ap-
prenais à quel point, dans les malheureuses
âmes humaines, la haine est voisine de l'amour !
J'allais jusqu'à souhaiter sa mort, affreux délire ! et certainement je l'aurais tuée, si j'avais
eu une arme aux mains. Une autre femme, sûre
de son empire, qui avait vu comme elle, à quel
degré elle pouvait m'égarer, en eût peut-être
été touchée et m'eût désarmé par un mot, par
un geste, par un de ces défis qui ont tant de
grâce, parce que la certitude d'être aimée y
brille et les dicte ! Mais elle, non ! Elle semblait
au contraire se replier davantage sur soi-même,
tendre davantage en avant son front proémi-
nent, noir, abruti, ténébreux, fermé à tout, à
l'amour, à la pitié, à la raison, à tout ce qui
régit les créatures sensibles et intelligentes !
Pour ne pas me porter à quelque excès funeste,
je m'éloignais, je la quittais épuisé de rage,
abattu, démoralisé ! Je me promettais une longue rancune... et quand je rentrais, la voyant
la même, froncée, silencieuse, vindicative,
froide pour rallumer ma colère, mettant dans
la cruauté de sa bouderie la profondeur d'une
vendette corse ; quand je me disais qu'après
tout, j'étais l'homme, c'est-à-dire, le plus fort

des deux, celui qui devait revenir de plus loin
et pardonner le plus vite, je lui prenais ses
tempes muettes dans mes deux mains, il fallait
que je la rejettasse dans l'abîme sans fond
des caresses, pour qu'elle y perdît ses ressen-
timents !

« Et elle les y perdait, marquise ! Toute
cette haine se fondait dans ce feu... Mais un
jour ou l'autre, l'amour vient à mourir dans ces
jeux terribles. Il tombe mutilé dans ces ba-
tailles de deux cœurs ; il se relève quelque
temps pour tomber plus mutilé encore, mais un
jour il ne se relève plus. Marquise, on n'analyse pas près de sept années, heure par heure,
et d'ailleurs j'ai hâte d'abréger ce récit que
vous m'avez demandé. Fut-ce uniquement la
bizarre amertume que la mort de notre enfant
versa dans l'âme de Vellini qui fut fatale à
notre amour, ou le temps fit-il seulement son
travail ordinaire dans nos cœurs ? Toujours
est-il que la passion d'abord éprouvée, la passion exclusive, absorbante, commença bientôt
de faiblir. Nos caractères, après s'être touchés
si rudement, s'envenimèrent. Nous vîmes en
dehors de nous, au delà de cette intimité qui
allait ne plus nous suffire, une vie, un intérêt,
des jouissances, auxquelles nous n'avions pas
pensé jusque-là. Depuis deux ans, surtout, et
pendant la grossesse de Vellini, cette disposi-

tion de fatigue et d'aspiration ennuyée vers un
changement quelconque s'était marquée davantage. Aujourd'hui elle éclatait autant en Vellini qu'en moi. Mais, femme, elle n'en convenait
pas vis-à-vis d'elle-même : car les femmes ont
peur et le cœur leur défaille quand il faut jeter
la dernière pelletée de terre sur un amour
expiré et dire comme Pascal : « En voilà pour
jamais ! » On n'aime plus qu'on s'embrasse encore, qu'on n'ose avouer qu'on ne s'aime plus.
Nous étions revenus à Paris, plus lassés de
nous, l'un et l'autre, que d'avoir longtemps
voyagé. Quant à moi surtout, je ne rapportais
pas une illusion sur le compte de cette femme
qui en avait empli mon âme. L'avais-je admirée autrefois ! Maintenant je voyais ses défauts
sans compensation. Je ne les admirais plus et
j'en souffrais. Vous le savez, marquise, dans
les commencements de notre amour, j'avais
parfois trouvé charmant tout ce qu'elle avait
d'intraitable. Elle me donnait les plaisirs d'imagination que recherchent les poètes, et les
anxiétés aimées des joueurs. Avec elle et sub-
jugué comme je l'étais, je me sentais bondir
au cœur un peu de l'émotion avec laquelle
joûtait l'âme de Jean-Bart quand il allumait
fièrement sa pipe sur un tonneau de poudre
défoncé. A chaque minute qui passait, à chaque
baiser, j'avais à craindre une brouillerie éter-

nelle, car je ne dominais pas assez cette capricieuse tête de fer pour qu'elle ne s'arrachât
pas à ce qu'elle appelait quelquefois mon joug.
J'avais entendu parler à des officiers français
du genre de bonheur qu'ils goûtèrent, lors de
la guerre de 1809, en Espagne, dans les bras
de ces Espagnoles acharnées qui, la veille, leur
envoyaient des balles et qui devaient leur en
envoyer le lendemain... A présent, j'étais blasé
sur ce genre d'émotion. Je n'y étais plus acces-
sible. D'un autre côté, pendant longtemps
aussi elle avait été jalouse, et son extravagante
jalousie avait produit les luttes les plus vives
entre nous. J'avais contemplé bien souvent
avec un plaisir orgueilleux et tendre ces absur-
des illusions d'un être adoré à qui je pouvais,
sans mentir, jurer et répéter que j'étais fidèle.
Maintenant, ces jalousies m'irritaient sans
m'intéresser. Ah ! c'était la fin de notre amour,
marquise ! Mais le croiriez-vous ? de cet amour
expirant, il restait quelque chose de vivant
encore. Ce qui périt le premier chez les autres
devait en nous ne pas mourir. Par une prodigieuse exception à la règle commune, ce qui
subsistait autant qu'à l'origine de notre liaison,
c'était l'influence embrasée qui nous envelop-
pait toujours, malgré le détachement de nos
âmes. Ni la lutte de deux volontés qui s'exal-
taient en se résistant, ni les blessures faites

l'un à l'autre, ni l'imagination déprise de tout
ce qui l'avait charmée, ni la possession incon-
testée qui tue plus d'amours que le désespoir,
rien n'avait détruit cet inexplicable empire
dont le secret n'était pas dans nos cœurs.
Éternellement, nous sentions sur nous les
mailles de flamme de l'invisible réseau. Il y
avait là plus que les impressions du passé, ces
souvenirs et ces habitudes, merveilleux an-
neaux de toutes les chaînes de la vie. Il y
avait là... que sais-je? J'ai parfois pensé à un
phénomène que la science seule devait expliquer. La fierté d'un homme essuie, comme elle
peut, les âpres rougeurs de la honte. Marquise, j'étais honteux de cela. Quand j'étais
loin de Vellini, je me reprochais cette faiblesse.
Je me promettais de résister davantage à des
désirs que l'amour ne consacrait plus. Mais sa
présence emportait mes résolutions dans ce
torrent de brûlants effluves qui s'échappaient
de ce corps tant de fois étreint, source de voluptés inépuisables? Je l'ai vu souvent... même,
alors, quand l'amour blessé ne sauvait plus
l'indignité de nos violences, au sortir d'une
scène acharnée (et pour les motifs les plus frivoles), elle s'en venait tourner autour de moi
avec son regard luisant et étrange, et ses mouvements de jeune jaguar, et nous recommen-
cions d'oublier, dans une impérissable ivresse,

que nous avions depuis longtemps, hélas ! cessé
de nous aimer !

« C'est à cette toute-puissante présence que
je résolus d'échapper. Dans le monde, au club,
avec mes amis, je me retrouvais tout entier. Je
me reconquérais homme ; je jugeais nettement
ma situation. Je la dominais. Elle m'impatientait et m'humiliait également. Ce n'était plus
à mes yeux qu'un mauvais ménage, avec la
faculté de divorcer. Je me serais moqué de
moi-même si je n'avais pas usé de cette faculté.

« — Écoutez, Vellini, lui dis-je un soir, le
soir d'une journée qui avait été assez douce,
car je ne voulais pas qu'elle se méprît, et
qu'elle pût croire à une décision irréfléchie et
colère, voilà plus de six ans que nous vivons
ensemble comme mari et femme. Partout où je
suis allé, je vous ai emmenée avec moi. Vous
avez été autant mon compagnon que ma maîtresse. A ces six ans d'une pareille vie, dans ce
tête-à-tête incessant, notre amour a dû mourir
sous l'excès même de son bonheur. Vous le
savez bien, vous qui, avant de m'aimer, connais-
siez déjà les passions, et qui, élevée librement
au soleil d'Espagne, avec du sang mauresque
plein les veines, n'avez eu jamais dans la tête
ces idées d'un amour éternel qui créent, malgré
la nature, de faux devoirs de cœur aux femmes...
Notre amour était mortel comme tous les

amours, et nous avions pris le moyen de le
tuer plus vite par ces accablantes jouissances,
toujours cherchées et toujours mises à la portée
de notre main. La passion qui nous transpor-
tait a fait de nous de vrais sauvages. L'intimité
a été la hache avec laquelle nous avons abattu
l'arbre pour manger le fruit. C'est maintenant
contre nous que nous l'avons tournée. Pourquoi ne pas nous épargner ces cruelles et fré-
quentes blessures, et puisque nous ne sommes
plus heureux ensemble, pourquoi ne pas nous
séparer ?

« Elle m'écoutait avec cette impassibilité qui
rend toute pitié inutile. Elle était assise, je
me le rappelle comme si c'était hier, contre le
piédestal d'un vase de marbre rose que j'avais
rapporté de Venise. Elle fumait languissam-
ment son cigare, la bouche muette, les yeux
nonchalants, les bras entre-croisés sur sa poitrine de jeune dieu antique, la tête penchée
sur son épaule, couverte du flot de chenille
écarlate qui ruisselait d'un bonnet grec, posé
avec crânerie sur son front bombé et qui lui
donnait l'air d'un Icoglan encore plus que
d'une Odalisque. Je m'efforçais de plonger et
de voir en son âme, mais ni pâleur ni rougeur
ne traversa sa peau orange. J'eus peur cependant d'être trop dur pour elle et j'ajoutai :

« — Si notre enfant avait vécu, Vellini,

c'eût été un lien indissoluble. Je ne parlerais pas de nous quitter. Mais Dieu lui-même semble avoir pris soin de nous rendre libres. Rien ne nous fait plus un devoir de rester les mains unies, lorsque nos cœurs se sont détachés.

« — Quand vous voudrez, je partirai, — dit-elle.

« Sa fierté contenait sa violence.

« — Non, repris-je, pas ainsi, pas quand je voudrai. Je vous prends pour juge de ce qu'il faut faire. Est-ce que cette vie agitée, tourmentée, tour à tour opprimée et oppressive, peut remplacer la vie que nous avons savourée six ans ?... Vous êtes une âme trop passionnée et trop grande pour accepter cela, Vellini. Avec les exigences de votre caractère, la fougue de cœur que je vous connais, vous ne pouvez vous ravaler jusqu'à ce mariage au petit pied, sans dignité et sans amour.

« Je cessai de parler. Ce que j'avais dit ne pinçait pas la fibre cachée qui, d'ordinaire, tressaillait en elle, comme la poudre éclate.

« Elle garda sa pose molle et son regard plein de morbidezze.

« — Quelle est la femme du monde, Ryno, dit-elle, qui demande que vous ne viviez plus avec Vellini ?

« — Ah ! il n'y en a pas ! répondis-je avec

une émotion qui lui donna un beau sourire,
car elle venait de m'insulter presque autant
qu'elle-même par ce soupçon que je dissipais.
J'aimerais une femme comme je vous ai aimée,
Vellini, que je ne vous sacrifierais pas à sa
vanité ou à sa haine. Ces six ans ont laissé un
sillon d'or dans ma pensée, et jamais personne
ne m'en flétrira le souvenir.

« — Je ne le croyais pas non plus, dit-elle
en me tendant la main. Pardonnez-moi ce mot
que je me repens pas d'avoir dit pourtant,
puisqu'il vous a fait me donner une telle assurance.

« Je lui pris la main et je m'assis près d'elle
sur l'espèce de causeuse qu'elle occupait.

« — Nous ne nous aimons donc plus ? dit-
elle d'une voix et d'un air sombres.

« — Ma pauvre enfant, lui répondis-je, vous
le savez aussi bien que moi que nous ne nous
aimons plus ! C'est écrit jusque sur votre front.
L'ennui vous accable.. Rien ne vous tire de
dessous... Moi, je sors (autrefois je ne sortais
pas ainsi), je dépense mon activité dans les
mille soins de la vie d'un homme. Mais vous
qui restez seule à la maison, je vous retrouve
un peu plus accablée, un peu plus morne à
mon retour qu'à mon départ. Quand je rentre,
vous ne m'interrogez pas sur mon absence.
Autrefois vous étiez inquiète, défiante, jalouse.

Maintenant non. S'il y a entre nous des violences, ce n'est plus que pour des motifs en
dehors de l'amour. Contradictions qui se rencontrent dans toutes les existences partagées !
c'est douloureux et c'est vulgaire, comme tout
ce que la passion n'anime et ne consacre plus !

« — *Es verdadero !* répondit-elle avec une
triste effusion.

« — Eh bien ! repris-je : séparons-nous. C'est
le seul moyen d'en finir noblement avec ces
misères. Vous avez toujours été sincère. Vous
ne ressemblez pas à votre sexe. Vous n'êtes
point une créature faible qui ment. Séparons-
nous ! nous resterons amis. Si nous nous aimons
d'amour encore, cela ne nous empêchera point
de nous donner la main comme maintenant,
sans crainte et sans honte. Nous ne nous serons
jamais trompés.

« Marquise, j'avais enfin trouvé la fibre, la
fibre immortelle ! Cette façon ouverte, hardie,
presque chevaleresque de se séparer, tenta cette
âme vaillante et vraie. Un généreux éclair
sortit de ses yeux indolents.

« — Vous dites bien, quittons-nous, s'écria-
t-elle. Je partirai demain, Ryno.

« Le singulier enthousiasme qui la fit se re-
dresser près de moi, vibrante et vivante, lui
attachait comme un bandeau d'étoiles autour
de son bonnet grec écarlate. Elle retrouva un

de ces moments d'éclat subit et fascinateur qui la font ce qu'elle est, marquise, une femme d'un prestige incompréhensible, à qui ne l'a pas vue ainsi; à qui, comme vous, ne la connaît pas. Elle rejeta son cigare avec un geste d'une résolution presque sublime, et elle l'éteignit sous son pied, comme si c'eût été la dernière torche de l'amour qu'elle eût éteinte.

» J'eus un tort, marquise, mais je l'admirais ; l'admiration pétillait encore sur les ruines et les cendres de l'amour et allait en faire ressortir un jet de flamme étouffée et morte. J'eus tort, je m'en confesse à vous, mais je ne pus m'empêcher de lui dire :

« — Je voudrais te sculpter comme te voilà, Vellini !

« Certainement, je le lui disais comme le lui eût dit un artiste, mais que faut-il pour réveiller l'instinct tentateur qui dort si peu au cœur des femmes ?... Avec Vellini plus qu'avec personne, avec ce naturel ardent, ignorant et presque sauvage, tout accent idolâtre appelait la caresse. Le vertige nous reprit, nous roula aux bras l'un de l'autre, et le cœur plein de la ferme résolution de nous quitter, nous ressuscitâmes encore, sans l'amour, la plus folle des heures de notre amour, les éperdûments devant lesquels les plus beaux sentiments de la vie peuvent se tenir vaincus par des sensations.

Comme la veuve du Malabar qui se brûle avec ses trésors sur le bûcher de son mari, nous nous engloutîmes dans cette dernière et flamboyante heure de plaisir ! Au moment de nous séparer, nous jetâmes au passé cet adieu brûlant ; nous bûmes à son honneur cette dernière coupe.

— C'était le coup de l'étrier, interrompit la marquise avec l'audace d'une vieille d'esprit qui marcha sur un talon rouge. Quand Bassompierre quitta la Suisse, il but dans sa botte à l'écuyère à la santé des Treize cantons. »

X

Les nœuds incessamment refaits.

Suite d'Une variété dans l'amour.

YNO de Marigny ne put s'empêcher de sourire à la réflexion de Mme la marquise de Flers. Le jour commençait à introduire ses blancheurs dans l'appartement et à lutter autour de la lampe qui éclairait le boudoir.

— Voici le jour, dit-il en le lui montrant, je crains que vous ne soyez fatiguée, marquise.

« Non, répondit-elle. Et réellement son visage était aussi ferme, son œil aussi lucide, sa physionomie d'une attention aussi animée qu'au commencement du récit de M. de Marigny. En s'accoudant au bras du fauteuil, en se ployant pour mieux écouter, elle n'avait pas même affaissé les plis gracieux d'une robe qu'elle faisait bouffer avec la supériorité des grandes dames d'autrefois, et son rouge n'était pas tombé.

— Dites encore, mon ami, ajouta-t-elle. On ne dort plus à mon âge, et j'ai passé bien d'autres nuits à une époque où je dormais. De longues histoires au coin du feu, ce sont les bals de la vieillesse.

— Le lendemain, continua donc M. de Marigny, nous étions séparés. Vellini prit un appartement rue de Provence, qu'elle a toujours gardé depuis. Je lui avais dit que nous resterions amis. Je lui prouvai que j'étais le sien en me chargeant de ces soins matériels qui répugnaient tant à sa paresse méridionale. Je m'estimais heureux de lui être utile, et je me promis bien d'étendre sur elle, tout le temps qu'une nouvelle liaison ne lui offrirait pas un appui, une protection habilement cachée qui n'alarmerait pas son orgueil. Dans les premiers instants de cette vie nouvelle que nous avions adoptée, je la vis chaque jour et même plusieurs fois par journée. Je cherchais à lui épargner l'ennui de la solitude. J'avais les mille délicatesses d'un homme qui n'aime plus, mais au cœur duquel il est resté une profonde reconnaissance pour un bonheur longtemps goûté. Nous fûmes plus ensemble, Vellini et moi, que nous n'y avions été depuis des années. Je la con-

duisais au spectacle. Je me promenais à cheval
avec elle. Mes élégants amis, qui jetaient toujours un peu leurs maîtresses par les fenêtres
quand ils en étaient dégoûtés, se moquèrent de
moi et de cette séparation sentimentale. Je les
laissai railler et je continuai d'accomplir, vis-à-
vis de cette femme qui avait quitté son mari
pour me suivre, ce que je croyais des devoirs.

« — Mon cher, me disaient-ils parfois, tu ne
te dépétreras jamais de cette femme. Tu ne
crois plus l'aimer, tu l'aimes toujours. » — Moi,
marquise, j'étais parfaitement sûr du contraire.
J'étais revenu à ma vie de garçon avec un
sentiment de joie trop complet pour douter une
minute de l'entière reprise de moi-même. Un
captif à qui on ôte ses chaînes n'est pas plus
soulagé que je ne l'étais. La sensation de la
délivrance me rafraîchissait divinement la pensée, quand je pensais que je n'avais pas refait
avec une maîtresse ce triste roman d'*Adolphe*
qui est une si fréquente histoire. Vellini convenait elle-même, sans en souffrir, que nous
ne nous aimions plus. Elle était calme comme
moi, comme une âme qui a pris son parti et
qui ne veut plus s'abuser. Elle ne demandait
pas follement à son cœur ce que son cœur lui
eût refusé. Mais fille d'une terre superstitieuse,
âme frappée d'une sombre manie, l'amour pour
elle avait beau mourir, le bonheur qu'il avait

donné, devenir impossible, l'existence se scin-
der et aller par des côtés différents, elle croyait
que toujours nous reviendrions, fût-ce du bout
du monde, des quatre points cardinaux de la
vie, échouer fatalement dans les bras l'un de
l'autre, comme sur un double écueil. « J'ai bu
de ton sang, disait-elle, tu as bu du mien. C'est
là un charme auquel croyait ma mère. De l'influence terrible et sacrée de cette communion
sanglante, nous en avons pour jusqu'à la
mort... » Je l'écoutais me dire ces choses avec
un sourire incrédule. Mais tout, avant et même
depuis la séparation consommée, ne semblait-il
pas donner raison à ces superstitions que je
méprisais ? Nous vivions comme un frère et une
sœur. Mais certains troubles passaient encore,
comme une ventilation de feu, à travers cette
fraternité qui eût dû être si chaste et si forte,
puisqu'elle venait après les expériences de l'a-
mour. Elle n'était jamais pour moi comme une
autre femme. Quand nous causions avec le
plus d'indifférence, la fumée de son cigare ne
passait point de ses lèvres distraites, près des
miennes, sans y ramener les vieilles soifs con-
nues. Et quand, au Bois, descendue un moment
de son cheval, elle appuyait son pied sur ma
main pour remonter en selle, ce pied possédé,
aimé, dévoré de baisers pendant six ans, laissait pour toute la journée une empreinte chaude

là où il s'était posé, et alors, en ces instants-là, il semblait que les quelques gouttes de son sang, mêlées à mon sang, se soulevassent au fond de mes veines et y roulassent, comme si elles eussent voulu retourner impétueusement à leur source!

« Lorsque j'eus bien établi la señora Vellini dans la rue de Provence, et que je la crus suffisamment accoutumée à sa vie nouvelle, je m'en occupai beaucoup moins. Quelques-uns de mes amis, devenus les siens, la virent davantage et l'entourèrent d'un cercle plus étroit qu'il ne l'avait été jusque-là. Ce devait être. Quand elle vivait chez moi, quand elle était si publiquement, si officiellement ma maîtresse, c'était avec moi qu'il fallait compter. Elle m'appartenait trop pour qu'on ne mesurât pas la portée des hommages qu'on lui offrait. Je n'avais pas été jaloux, il est vrai. Sûr de son cœur, dans lequel je lisais, sachant comme elle était sincère, je n'avais jamais montré à mes amis ces revêches défiances de possesseur qui avilissent l'homme et ne sauvent pas la fidélité de la femme. Mais ma convenance avait tout naturellement posé entre elle et eux une noble réserve. A présent, cette réserve n'avait plus besoin d'exister, au même degré du moins. Vellini reprenait une position indépendante. Vis-à-vis des autres, elle ne devait plus son affection à personne. Elle pouvait disposer entièrement d'elle-même. Parmi les jeunes gens qui lui avaient toujours fait une cour assidue, ceux qui l'aimaient réellement étaient plus libres dans l'expression de leurs sentiments. Je voyais tout cela avec plaisir. Je me disais que c'était là des intérêts pour elle; et, soulagé de son avenir, je me replongeais dans le monde, dans le jeu, dans les excès qu'elle avait interrompus et remplacés, elle, mon seul excès, ma seule folie pendant six ans!!! Comme on pouvait supposer qu'elle tenait encore à moi, car la vanité d'un amour qui a duré longtemps est le dernier lien qui en reste, je ne doutais pas que les hommes qui la désiraient ne la missent au courant de toutes mes démarches, espérant profiter d'un dépit qu'ils auraient fait naître dans cette âme violente, mais si cela fut (et Vellini me l'a dit depuis), je ne pus, vers cette époque, m'en apercevoir à son humeur ou à sa façon avec moi. Elle me recevait toujours avec la même familiarité tranquille et hardie qui attestait éloquemment notre passé. Quand mes amis me lançaient quelque nom de femme dans une plaisanterie, elle écoutait ces allusions comme si elle n'eût pas dû en être atteinte.

« — Pourquoi donc me dites-vous qu'il aime Mme de Solcy? répondit-elle un jour à l'un d'eux devant moi; n'est-il pas libre?... Croyez-

vous que je sois jalouse? Nous ne sommes
plus que des amis, Ryno et moi. Il a le droit
d'aimer qui bon lui semble, comme moi de
vous aimer vous-même, ajouta-t-elle avec une
cruelle impertinence, si je le pouvais.

« Je quittai Paris pour quelque temps. J'allai
aux îles Hébrides avec cet Écossais qui eut
tant de succès dans le monde cette année-là, ce
Douglas de Kilmarnock, si célèbre par l'originalité de son esprit et de sa danse, et dont vous
devez vous souvenir. Pendant mon absence
qui dura près de six mois, on m'écrivit de
Paris. On me mandait que la señora Vellini
avait pris un amant et on m'en racontait l'histoire. Très-certainement le sentiment qui dic-
tait cette nouvelle à messieurs mes amis était
une de ces amabilités que La Rochefoucauld
a classées dans son chapitre de l'Amitié, mais
dans la position que je m'étais choisie, une
telle nouvelle ne devait-elle pas être ce que je
désirais le plus?...

« Nous ne nous étions point écrit, Vellini et
moi ; moi, par calcul, car mon dessein était de
rompre entièrement avec un passé qui n'était
fort que quand nous étions réunis ; elle, parce
que paresseuse comme toutes les femmes de
son pays méridional, et d'ailleurs, emportée
par les sensations de la minute actuelle, elle
n'avait jamais aimé d'écrire, cette froide ma-

nière de phraser l'amour des femmes de France
dont elle se moquait. Excepté ce qu'on me
mandait sur son compte, c'est-à-dire le choix
extérieur d'un amant (c'était ce comte de Cérisy qui m'avait assisté dans mon duel avec sir
Réginald Annesley), j'ignorais la vie qu'elle
avait menée pendant que j'étais en Écosse.
Seulement et toujours d'après quelques lettres
d'observateurs médisants, ce devait beaucoup
ressembler à celle dont elle avait vécu à Séville avant son mariage avec le baronnet anglais. Vous le voyez, ma chère marquise, je ne
vous la fais pas meilleure qu'elle n'est. Je vous
dis hardiment les choses. Toute autre que vous
pousserait les hauts cris et nierait qu'on pût
s'intéresser à une pareille créature...

— A qui le dites-vous? répondit la marquise.
Nous en sommes à la pureté *quand même*. Les
ultra-politiques ont passé dans les mœurs.
N'ai-je pas entendu l'autre jour une de nos
plus belles duchesses traiter de *fille* Mlle de
Lespinasse parce qu'elle avait eu deux amours?
« Une femme comme il faut, nous dit-elle en
regardant mélancoliquement la corniche de son
salon, n'en a qu'un seul et elle en meurt. »
Mme la marquise de Flers, l'Érigone des soupers mythologiques de la comtesse de Polignac,
répéta cela avec un comique si naturel, que
M. de Marigny, par ses mœurs un peu du

XVIIIᵉ siècle, se mit à rire de la parodie des
hautes prétentions du XIXᵉ, qu'il avait souvent
vues se gendarmer contre lui dans la personne
de ses duchesses.

Mais comme le commérage n'est jamais très-
loin dans une femme d'autant de monde que
Mᵐᵉ la marquise de Flers :

« C'est donc votre Malagaise, reprit-elle, qui
a ruiné ce pauvre diable de Cérisy?

— Peut-être bien, répondit Marigny, car c'est
une femme à qui, lorsqu'on la possède, on voudrait, comme ce lord célèbre du siècle dernier,
*donner les étoiles, si elle s'avisait de les regarder
avec plaisir*. Or les étoiles coûtent un peu cher.
Mais ce que j'affirmerai sur mon honneur et
sur ma vie, c'est que si elle a ruiné Cérisy,
ç'a été sans rien lui demander, pas même un
éventail.

« Quand je revins d'Écosse, continua Marigny, j'étais, à ce qu'il me semble, si bien détaché d'elle que je restai à Paris quelques jours
sans la revoir. Je me demandais même si je ne
ferais pas mieux de ne point retourner rue de
Provence. Mais je me dis que si je n'allais pas
chez elle, elle viendrait immanquablement chez
moi ; que je connaissais trop du monde qu'elle
voyait pour ne pas la rencontrer un jour ou
l'autre ; qu'enfin c'était une noble fille qui
comptait sur mon amitié ; et, décidé par tous

ces motifs, j'allai un soir lui apprendre mon retour.

« Je la trouvai sur son balcon en pierre, sculpté à la mauresque, au-dessus duquel elle avait arrangé avec beaucoup de goût une mystérieuse tendette de coutil rose. Ce balcon était pour elle comme une patrie. Des jasmins d'Espagne s'y épanouissaient avec d'autres fleurs des pays chauds, et le bruit des voitures, diminué par la distance et dispersé dans les airs à la hauteur de cet étage, la faisait peut-être rêver, du fond de sa tendette embrasée et dorée par les feux du soir, au murmure de la Méditerranée, sur le rivage de Malaga!

« Elle ne m'entendit point venir. Les tapis épais du salon, dont la porte vitrée était restée ouverte, avaient assoupi le bruit de mes pas. J'allais la surprendre. Cachée par l'étroit dossier d'une chaise très-basse, je ne vis d'elle tout d'abord que sa coiffure, une de ces coiffures qui m'avaient le plus affolé, quand je l'aimais. C'était ce qu'on appelle une *Grecque*, du nom des femmes qui l'ont inventée. Seulement au lieu de l'aiguille d'or des filles de Zanthe, elle avait passé à travers la torsade lustrée de ses cheveux noirs un poignard nu, sans autre ornement que l'éclat de son pur acier. Tout à coup, ses petites mains saisirent ce poignard et le détachèrent. L'ancien battement de cœur que cette Circé de l'imprévu m'avait donné pendant sept ans, me reprit. Je m'approchai, ignorant ce qu'elle allait faire. Mais elle se mit tranquillement à tracer avec la pointe du poignard je ne sais quels indéchiffrables caractères sur la rampe en pierre du balcon.

« Je prononçai un mot espagnol.

« — Ah! dit-elle en se retournant avec un bond et un cri, c'est toi, Ryno!

« Et elle se jeta à moi comme autrefois. Elle se suspendit à mon cou; et comme elle tenait à la main le poignard de sa chevelure, la lame nue, par la pose de son bras ramené, se trouva naturellement couchée sur mon cœur.

« — Tu ne m'attendais pas? lui dis-je en l'embrassant.

« Elle était plus jaune et plus maigre que jamais. Ses yeux brûlaient dans leur orbite cernée. Ses bras nus me pénétrèrent d'une chaleur mate à travers mes vêtements.

« — O Dieu, tu brûles, tu as la fièvre, tu es malade! lui dis-je.

« — Je ne sais pas, répondit-elle, mais je m'ennuie.

« — C'est peut-être ce balcon et ce jasmin d'Espagne, repartis-je, qui te donnent le mal du pays?

« — Tiens, reprit-elle avec explosion, si c'était cela! Et tombant de mon cou sur la pointe de ses pieds chaussés de satin, elle se précipita sur les jasmins, les hacha de cent coups de poignard, en fit voler les fragments au-dessus de sa tête, renversa les jardinières et jeta deux superbes vases d'héliotrope, en porcelaine de Chine, par-dessus la rampe du balcon.

« — Tu es donc toujours la Vellini d'autrefois? lui dis-je en souriant de ces sensations impétueuses, toujours la folle fille à qui rien ne doit résister?

« — Ah! c'est la vie qui me résiste! répondit-elle avec l'accent d'une tristesse tragique, frappant du pied et poignardant le vide autour d'elle. Je ne sais pas ce que j'ai, mais je souffre. J'étais plus heureuse avec toi, Ryno.

« — Est-ce que Cérisy te contrarie, ma pauvre fille?

« — Lui!!! dit-elle, tu sais donc cela?... Ils te l'ont écrit. Oh! non, il ne me contrarie pas, le pauvre garçon. Il m'aime avec une adoration d'esclave. Seulement son adoration m'ennuie. J'aimais mieux quand tu me détestais.

« — Tu ne te soucies donc pas de lui, ma chère enfant?... ajoutai-je.

« — Je l'ai aimé quinze jours, dit-elle, à m'imaginer que tu avais un successeur, Ryno. J'ai fait avec lui toutes les folies de passion; puis au bout de quinze jours, je me suis ré-

veillée, froide, dégoûtée. C'était fini. Un rêve
de plus à mettre à la pile de mes rêves!

« — Et tu ne l'as pas jeté, repartis-je, par
dessus la rampe de ton balcon, comme un de
ces vases auxquels tu viens si prestement de
faire prendre ce chemin?

« — J'en avais presque envie, dit-elle en riant,
mais vois-tu? il est si bon, si dévoué que la
pitié m'a prise. Je n'ai pas eu le cœur de lui
faire de la peine en le renvoyant. Je me suis
laissé aimer par lui. La pitié, ajouta-t-elle avec
une expression réfléchie, voilà un sentiment
que je ne connaissais pas! Tu ne me l'avais
pas appris, Ryno.

« Elle avait, en me disant cela, comme un si
vif regret du passé que j'en fus étonné et touché en même temps, dans un être d'ordinaire
si peu rêveur. Elle était appuyée à la rampe
du balcon, jonglant presque avec le poignard,
qu'elle jetait en l'air par la pointe et qu'elle
recevait par la garde. Je m'étais assis sur la
chaise basse qu'elle avait quittée et je cherchais à pénétrer le mystère de ses sentiments
secrets dans son extraordinaire physionomie.
Ses yeux d'aigle blessée tombaient d'aplomb
sur moi.

« — Et toi, dit-elle avec une profondeur
presque envieuse, es-tu heureux?...

« — Et si je ne l'étais pas? répondis-je.

« — Ne trompe pas Vellini, dit-elle. Je sais tout aussi. Tu ne fais rien que je ne le sache, Ryno! Ils croient toujours que je t'aime. Ils ont toujours peur que notre passé ne recommence, et pour l'empêcher, quand ils peuvent me blesser le cœur avec toi, ils n'y manquent jamais. On t'a écrit, n'est-ce pas? que j'aimais Cérisy. Eh bien, on m'a dit, à moi, que tu avais suivi une femme en Écosse et que vous êtes revenus ensemble à Paris. Il y a dix jours que vous êtes revenus!

« — Cette femme dont tu parles, répondis-je, est une femme du faubourg Saint-Germain. Je l'ai rencontrée sur les bords du lac Lhomond. Elle voyageait avec son mari. Comme on se lie plus vite à l'étranger quand on s'y rencontre, nous avons échangé mille affectueuses politesses de compatriotes et nous sommes revenus ensemble à Paris. Ceci est très-vrai... et très-simple aussi, comme tu vois.

« Elle cessa de jongler avec le poignard.

« — Et tu n'es pas amoureux de cette femme! s'écria-t-elle. Tu n'étais pas hier à l'Opéra avec elle! Tu y étais, Ryno. C'est Vellini qui t'y a vu. Mais toi, dans la préoccupation de ta nouvelle maîtresse, tu n'as pas aperçu Vellini.

« Et déjà la violence de sa nature grondait en elle comme un tonnerre lointain à laquelle la mienne allait faire écho. Je le pressentais. Je trouvais injuste et bizarre que cette femme qui n'était plus aimée, qui avait pris un amant, me parlât comme une maîtresse régnante, qui avait droit de s'irriter et de questionner. Il me semblait que cette Ellénore revenait d'un peu trop loin et un peu trop tard dans nos relations.

« — Et quand cela serait, après? repris-je. Serait-ce la première femme que j'aurais aimée depuis que nous sommes séparés? Pourquoi prends-tu donc ce ton-là, Vellini?... Il faut que tu sois bien malade, ma pauvre enfant, pour devenir nerveuse comme une Parisienne.

« — J'ai tort, dit-elle. Et elle se mit à pleurer. Mais les pleurs de Vellini ne tombaient point comme ceux d'une autre femme. C'étaient des larmes fières qui roulaient longtemps dans les cils, puis s'en allaient mourir silencieusement, avec une majesté désolée, vers les coins abaissés des lèvres tremblantes.

« La pitié dont elle me parlait, il n'y avait qu'un instant, se saisit de moi à mon tour, et je l'attirai sur mes genoux pour essuyer ses yeux avec mes lèvres.

« Elle ne résista pas plus qu'une morte. Elle avait dans mes bras l'immobilité attentive du sauvage, et ses yeux plongeaient dans mon cœur.

« — C'est du sang aussi que des larmes! dit-

elle avec une passion surhumaine, forte comme
Dieu même, car elle me fit reculer jusque dans
ce passé qui ne nous appartient plus et qu'elle
ralluma. Bois donc, Ryno; bois donc! bois
toujours! répéta-t-elle en m'offrant avidement
ses yeux et sa bouche. Elle avait raison, la superstitieuse femme qu'elle était! Les larmes
avaient le goût du sang déjà bu... Le charme
opérait... Je la pris et je me sauvai dans le
salon, l'emportant liée et tordue en spirale
autour de moi, comme une couleuvre.

« Une heure après, elle me disait avec la
conscience d'une force invincible :

« — Aime-la si tu veux, Ryno; aime-les
toutes; renie-moi pour ta maîtresse, mais le
sang, confondu dans nos veines, est plus fort
que toi!

— C'était une explication de Zingari, dit la
marquise. La vraie, c'est que, malgré tout, vous
vous aimiez toujours.

— Non, marquise; non, reprit Marigny, au
contraire. J'en aimais une autre. Son coup d'œil
ne l'avait point trompée, quand elle m'avait vu
à l'Opéra. La femme rencontrée en Écosse
m'avait entraîné par des qualités opposées à
celles qui m'avaient captivé si longtemps. Elle
avait toutes les saveurs exquises de la femme
du monde, une aristocratie de beauté et de
manières, digne du grand nom qu'elle portait)

Après Vellini, la fille basanée du toréador, cette patricienne blanche, blonde et languissante, était d'un attrait singulier. C'était la fraîcheur bleuâtre des lacs purs, aux bords desquels je l'avais rencontrée, après les dévorements brûlants du désert. Elle ne m'appartenait pas alors, cette femme, mais depuis, elle a été jugée compromise et avec un tel éclat qu'il y aurait peut-être mauvais goût, à moi, de la nommer, si nous n'étions pas en tête-à-tête et si je n'étais pas dans quelques jours votre petit-fils.

— D'ailleurs ce ne peut plus être, répondit la marquise de Flers, ni une fatuité, ni une indiscrétion. L'écusson des Marigny et celui des Mendoze sont écartelés à jamais par les Hérauts d'armes de la Médisance parisienne. On ne l'a guère ménagée, cette pauvre comtesse, cette héroïne de l'amour vrai. On lui a fait payer assez cher le noble tort d'avoir trop de cœur pour être habile.

— Oui, dit Marigny avec tristesse, elle a beaucoup souffert par moi ; et telle est la rigueur des sentiments involontaires qu'il n'y a point de dédommagements à offrir pour les maux dont on fut la cause. On peut écraser une destinée sans avoir un tort à se reprocher, car ne plus aimer, c'est un malheur. Pourquoi cesse-t-on d'aimer une femme ? On attend en-

core l'homme de génie qui doit répondre à cette
question.

« Je n'ai, ajouta le futur gendre de Mme la
marquise de Flers, à vous parler de mon sentiment pour Mme de Mendoze qu'en tant qu'il
influa (car il y influa) sur mes relations avec
Vellini. Autant qu'on pouvait voir dans cette
âme qui désorientait le coup d'œil par le mouvement et par la profondeur, il me sembla que
Vellini, qui convenait de ne plus m'aimer et
qui avait un amant, redevenait jalouse comme
au temps où nous nous appartenions aux yeux
de tous. Il y avait d'autres femmes pourtant
dont on lui avait dit ce qu'elle savait de
Mme de Mendoze. Mais jusque-là, je n'avais
pas observé que la pensée d'une femme, depuis
notre séparation, eût assombri ou froncé son
front soupçonneux. Cela pouvait être un de
ces revirements soudains comme il y en a tant
dans l'âme humaine ! Elle ne me faisait plus,
il est vrai, des scènes furibondes comme autrefois, mais elle me montrait la rigidité amère
et muette des caractères absolus. Elle était plus
capricieuse encore qu'on ne l'avait jamais vue.
Elle foulait aux pieds Cérisy. C'est sur lui que
retombaient tous les éclats de son humeur. Témoin de ces injustices et d'ailleurs très-préoc-
cupé de ma belle comtesse, avec qui je perdais
seulement pour la voir le temps qu'il est

d'usage de dépenser avec les femmes du monde,
je dis à Vellini que je m'abstiendrais de revenir
rue de Provence.

« — Orgueilleux ! s'écria-t-elle avec un orgueil révolté du mien. Tu t'imagines donc que
je t'aime toujours et que je suis bien malheureuse ! Tu crois m'épargner en t'éloignant. Tu
te sauves de moi comme d'une maîtresse dont
tu craindrais les persécutions. Mais ne t'ai-je
pas dit de l'aimer, ta comtesse de Mendoze ?
Aime-la, Ryno. Qu'est-ce que cela me fait ?...

« Et elle me disait cela, pâle, hâve, les joues
marbrées de deux taches rouges, la voix faussée
par la colère qui entr'ouvrait tout ce mépris.
C'était encore une de ses puissances que cette
dissonance entre ses passions et sa volonté,
que cette indomptable vérité de son âme, passant à travers toute cette force de dissimulation
qu'elle m'avait si souvent montrée et qu'elle
tenait du chef de sa mère, la fière duchesse de
Cadaval-Aveïro.

« — Tu ne me crois pas, reprit-elle, tes yeux
sont impies en me regardant. Eh bien, mets ta
main sur mon cœur et raconte-moi tes bonheurs avec ta nouvelle maîtresse, et s'il bat
d'une pulsation plus vive, méprise-moi, Ryno.

« Elle avait dans les sourcils et dans les plis
du sourire l'audace d'une femme qui eût joûté
avec la foudre. Ce gant qu'elle me jetait, je le

ramassai. Je ne l'aurais pas dû peut-être. Je
n'aurais pas dû ouvrir à une ancienne maîtresse
comme Vellini les secrets d'une intimité nouvelle ; mais quelque chose sans doute de plus
fort que ma raison même, retentit et flambe
aux défis ! J'étais toujours le Marigny qui,
défié dans un de ses voyages, par cette Vellini
qui me défiait encore, avait un jour valsé avec
elle sur l'étroite et rasé plate-forme d'une tour
de trois cents pieds de hauteur. Je fis ce qu'elle
me demandait. J'osai comme elle. Je lui mis la
main sur le cœur, à travers le lacis du corsage
ouvert par devant, et je lui racontai mon
amour et mes bonheurs avec Mme de Mendoze,
dans cette langue enthousiaste et sensuelle qui
allait si bien à ce que je savais de sa nature,
enflammant mon récit davantage par le désir
de voir clair dans son âme et de terrasser tout
cet orgueil de Lucifer ; mais sous mon récit
et sous ma main, ce cœur altier resta immobile,
comme s'il eût valsé encore au bord de la tour
de trois cents pieds !

« — Tu peux donc revenir ! me dit-elle avec
la joie d'une telle épreuve et le plus superbe de
ses regards. Et je revins. Oui, je revins, marquise ! L'espèce de pitié qu'elle avait excitée
en moi qui la croyais jalouse, périt dans mon
cœur et n'y reparut plus ! Je revins attiré par
la force de cette âme, qui ressemblait si peu à

la coquetterie taquine et menteuse des autres
femmes. L'amour était éteint, mais l'intérêt reparaissait sous une autre forme que l'amour.
Elle m'avait aimé. Ne m'aimait-elle plus ? Tous
les souvenirs de l'esclavage et de la curiosité
m'obsédaient, me repoussaient chez elle. J'y
allais en sortant de chez la comtesse. J'avais
beau être amoureux, et je l'étais vraiment! je
passais plus d'heures chez Vellini qu'à l'hôtel
de Mendoze. Je ne sais pas comment elle s'y
était prise pour ensorceler Cérisy; mais je ne
remarquai jamais qu'il fût jaloux de mes visites. Elle me parlait beaucoup de la comtesse.
Elle ne comprenait pas une foule de choses
dans cet amour de patricienne qui combat
pour sa dignité, même en se livrant, ou qui la
pleure après s'être livrée. Il y avait en Mme de
Mendoze mille nuances fines qui lui échap-
paient. Elle ne disait pas comme le monde, qui
me trouvait trop aimé de cette femme, elle
disait, elle, que cette froide comtesse ne m'aimait pas assez et qu'elle ne savait pas aimer.
Hélas! elle m'a aimé au contraire au point de
se perdre, mais la fille du toréador appréciait
mieux les transports de l'amour que ses dé-
vouements. Quand, interrogé avidement par
elle, je lui disais les chastes et sublimes aban-
dons avec lesquels cette tendre femme, qui me
sera toujours sacrée et qu'elle accusait de froi-

deur, tombait sur mon cœur et dans mes bras, un pli de mépris crispait ses lèvres. « Tiens ! *cela* vaut mieux, » disait-elle avec un emportement de vanité étrange et d'ardeur désordonnée ; et elle collait cette lèvre méprisante à mes lèvres, avec une passion toujours prête et si souveraine, que je m'indignais, pour la femme aimée, de l'empire de celle que je n'aimais plus.

« Marquise, ce merveilleux empire qu'elle croyait le *talisman du sang bu ensemble* et qui n'était pas seulement le talisman des souvenirs, dura plus que mes liens avec Mme de Mendoze. Quand ces liens furent brisés, il continua de subsister. Les quelques années écoulées entre ma rupture avec la comtesse et la rencontre dans le monde de votre Hermangarde ont été remplies par ces succès faciles qui ont à peine un lendemain. Aucun ne devait, ne pouvait affaiblir ce que l'amour n'avait pu détruire, et Vellini resta pour moi ce qu'elle était. Elle aussi, elle eut des caprices, de ces brusques révolutions d'imagination et de cœur, dont le monde dit un mal si cruellement superficiel, car elles sont la conséquence de certaines natures passionnées et puissantes. Elle se brouilla avec Cérisy, mais l'expérience justifia pour elle l'idée qui l'avait tant saisie, que nous devions toujours nous revenir. Elle a maintenant le fanatisme

de cette croyance. Seulement, ne pensez pas,
chère marquise, que cette conviction la rende
heureuse. Son âme fière s'en soulève parfois
indignée. Pendant mon amour pour la comtesse de Mendoze et depuis, elle a essayé, à
plusieurs reprises, de rompre cette chaîne qu'elle
avait d'abord dite infrangible. Elle voulait être
toute à ses nouveaux amours ; mais l'ennui, le
vide, le passé, que sais-je ? me la rejetaient
désolée, accablée, niant qu'elle m'aimât, mais
recommençant d'étaler avec un sombre orgueil
la chaîne qui avait résisté aux efforts de son
désespoir. Quand, plus fort qu'elle, parce que
je suis homme, je l'avais quittée après quelque
nouveau déchirement, me promettant de ne
plus revenir, un soir je la trouvais chez moi
qui m'attendait. Elle ne se tordait pas à mes
pieds, elle ne me suppliait pas ; elle ne me
demandait pardon ni de ses violences, ni de
ses inégalités, ni de ses tristesses, ni de tout
ce qui m'avait blessé et fait fuir. Mais avec la
conscience tranquille d'un être qui se croit
l'instrument du destin, elle avait une façon de
me prendre par la main, et cette façon était si
pleine de la brûlante domination du passé,
qu'elle me remmenait !

« Marquise, il faut en finir. Telle a été notre
vie pendant dix ans. Le monde n'a vu que la
surface d'une intimité qu'il ne s'expliquait pas.

J'ai cherché à vous en faire voir le fond. Quoique j'aie passé sur bien des scènes, sur bien des détails que j'ai tus par respect pour vous, et pour nous aussi, et qui sont, hélas! le dessous de cartes de presque toutes les intimités, j'en ai dit, j'en ai montré assez à votre experte sagacité pour que vous compreniez à quel point notre liaison fut agitée. Le monde l'a mesurée à toutes celles que l'habitude consacre, après que l'amour qui les forma n'existe plus. Vellini recevait beaucoup d'hommes de votre faubourg Saint-Germain. C'est rue de Provence que j'ai rencontré le vicomte de Prosny pour la première fois. La Malagaise voyait des artistes et plusieurs femmes comme elle. On jouait dans son salon un jeu d'enfer, et on m'y voyait tous les soirs. Comme avec un certain maintien on fait respecter les positions les plus fausses, les hommes qui auraient eu le droit peut-être de trouver mauvais l'espèce d'autorité dont la señora Vellini m'investissait chez elle, finirent par prendre leur parti de... ce qu'ils ne pouvaient empêcher. Pour expliquer l'éternité de ma présence chez cette femme, autrefois ma maîtresse, le jeu, le sans-gêne de la vie intime étaient les raisons que l'on ajoutait tout haut à celles que l'on disait tout bas. Quant à ces dernières, ajouta M. de Marigny avec un fin sourire, on les chuchotait à l'oreille; je les devinais bien un peu, mais je ne me charge pas de vous les répéter. »

M. de Marigny avait fini son récit. Il s'arrêta naturellement et regarda la marquise qui rêvait en tournant dans ses mains sa tabatière d'écaille.

— Le vieux Prosny n'est pas si bête ! dit-elle avec une gaieté que le regret teignait de tristesse, et j'aimerais bien mieux qu'il le fût ! »

XI

Le mariage.

UAND M. de Marigny eut achevé sa grande confidence à Mme la marquise de Flers, ne voilà-t-il pas qu'il eut peur! Il avait tout dit avec la sincérité d'une âme qui se confie dans l'âme qui écoute; il avait ouvert son passé, dans les replis les plus secrets, à ces yeux de lynx qu'il ne redoutait pas. Il avait mis une espèce de grandeur à ne rien omettre. Mais c'était fini! Désormais il ne reprendrait plus le récit tombé généreusement de ses lèvres; et cet homme intrépide jusque-là s'effraya de ce qu'il avait fait. Il eut un doute. Si la douairière de Flers n'était pas la femme qu'il avait jugée; si l'histoire de cet amour, trop raconté peut-être, avait réveillé en elle ces instincts de prudence qu'il n'avait pas cherché à endormir, il était perdu. La main de la belle Her-

mangarde lui serait peut-être refusée. A cette
idée, la sueur froide coula sur son front. Il se
repentit presque, tant il aimait Mlle de Polastron! d'avoir été franc avec la marquise. Tout
homme qu'il fût, l'amour avait créé en lui les
exquises faiblesses de la femme, et la peur le
prit comme elle prend les femmes, fussent-elles
Jeanne d'Arc elle-même, l'action héroïque ac-
complie, le coup porté.

La marquise, cette fée devineresse, devina
cette pusillanimité d'un grand amour. Les yeux
de lynx que M. de Marigny avait eu raison de
ne pas craindre, le regardèrent avec une finesse
aimable et tendre; épithètes bien jeunes pour
des yeux de soixante-quinze ans, mais justes
pour cette femme, éternellement adorable d'esprit et de cœur, que les matérialistes de son
temps, qui niaient l'immortalité de l'âme, auraient considérée comme une très-forte objection, s'ils avaient vécu autant qu'elle.

« Qu'avez-vous, mon enfant, dit-elle en le
voyant presque consterné de ce qu'il avait osé
dire, vous repentiriez-vous d'avoir été vrai?
Rassurez-vous. Je ne démarierai point Hermangarde. Vous avez été confiant, eh bien, ce
sera confiance pour confiance. Ah! monsieur
de Marigny, il faut que vous aimiez beaucoup
ma chère petite-fille, pour vous donner les airs
de douter de moi!

—Ainsi, ce que je vous ai dit n'a pas changé vos résolutions! s'écria Marigny transporté.

— Non, répondit-elle. Pendant que vous me parliez de cette Vellini, j'ai senti, il est vrai, à plusieurs reprises, quelque chose qui s'effrayait en moi, mais je me suis dit que, tout considéré, il n'y a pas de mariage possible si on exige un bonheur démontré certain. C'est assez triste, cela, mais il ne s'agit pas de gémir sur la nature humaine ; il s'agit de marier ma petite-fille, à moi, qui ai soixante-quinze ans. En brisant votre mariage aujourd'hui, je pourrais la laisser dans les larmes que ma vieille main n'essuierait pas... J'ai d'ailleurs pour garantie du bonheur qui est toujours une question, quoi qu'on fasse, votre amour et votre loyauté, Marigny, la beauté sans égale d'Hermangarde et cet éloignement dont vous avouez vous-même la nécessité. On s'est embarqué souvent avec moins de lest sur la mer où vous allez naviguer. »

Enchanté de ces assurances, M. de Marigny laissa la marquise dormir un peu dans son grand fauteuil sur les excellentes dispositions qu'il ne craignait plus de voir compromises. Il reprit l'aplomb de son bonheur. Il sourit un peu en pensant à Mme d'Artelles et à la mine qu'elle ferait quand elle apprendrait que l'histoire de cette *relation* à la piste de laquelle elle avait lancé le Prosny, il l'avait lui-même

racontée et impunément à la grand'mère d'Hermangarde. M. de Marigny connaissait parfaitement *sa* comtesse d'Artelles. La franchise aven-
tureuse, imprudente qui lui avait réussi en
disant tout à la marquise, en n'énervant rien
de la puissance d'une ancienne maîtresse, en
la peignant avec la force de ses souvenirs, devait, bien loin de la ramener, choquer et aliéner
davantage l'opiniâtre amie de Mme de Flers. Et
en effet, quand la marquise conta ce qui
s'était passé entre elle et son futur petit-fils à
Mme d'Artelles :

« Eh quoi ! ma chère, répondit celle-ci, ne
montrant qu'un étonnement qui, comme on voit,
n'était pas à la gloire de Marigny, il a eu
l'audace de vous raconter cette histoire ?...

— Oui, ma chère, il en a eu l'audace, repartit
la marquise avec la petite taquinerie qui est la
grâce des plus solides amitiés, et comme toujours, avec nous autres femmes, jeunes ou
vieilles, l'audace a réussi. Elle m'a attachée à
lui davantage. Car en parlant comme il a fait,
il devait savoir qu'il exposait son bonheur,
c'est plus que sa vie. J'ai trouvé cela très-
noble à lui... presque chevaleresque. Vous,
l'arrière-petite-fille des plus anciens bannerets
de France, osez me dire que cela ne l'est pas ! »

Et, fine comme elle l'était, l'éloquente vieille
enterra sous cette espèce d'argument *héral-*

dique les derniers murmures de l'antipathie de Mme d'Artelles contre M. de Marigny. A partir de ce moment, la comtesse ne parla plus du mariage qui la désolait. Elle vit que le génie de Marigny l'emportait sur le sien.

« Vicomte, dit-elle, outrée, à M. de Prosny : comprenez-vous une pareille chose ? Elle aime mieux ce Marigny que sa petite-fille, je n'en doute pas. »

Il importait peu que le Prosny comprît cela ou non. Mais ce qu'on ne saurait trop admirer, c'est la jeunesse de cœur de Mme de Flers, attestée par le sentiment que lui reprochait son amie. Oui, la marquise aimait Marigny, non pas mieux que son Hermangarde, mais elle l'aimait, et son affection n'était pas le reflet de l'amour qu'il avait allumé dans sa petite-fille. Elle aurait été sans enfants qu'elle l'eût appelé son fils d'élection. Si, dans toute âme, l'amitié est, sans comparaison, le plus beau des sentiments de ce monde, elle devient sublime dans une femme placée aux confins de la vie, qui semble avoir tout épuisé et être devenue inséductible. Le jeune homme qui l'inspire doit en être plus fier que de toutes les turbulentes passions qu'il a semées dans des cœurs, par l'âge plus rapprochés du sien. Hermangarde aussi, comme Mme d'Artelles, savait bien que sa grand'mère aimait Marigny pour

lui-même, et la tendre et généreuse jeune fille
en était heureuse pour son fiancé.

« Avouez que vous l'aimez autant que moi,
maman ! » disait-elle avec l'accent du triomphe,
la veille du jour fixé pour ce mariage, l'objet
de leurs plus vifs désirs à toutes les deux.

Ils étaient restés avec la marquise, après les
visites et les félicitations d'un pareil jour. Hermangarde seule n'était pas fatiguée. Reine que
son diadème ne blessait pas, elle avait radieu-
sement montré son bonheur, en âme fraîche et
naïve, en vraie jeune fille qu'elle était. Elle
avait écouté, avec un ravissement qu'une divine réserve entrecoupait sans pouvoir le
cacher, ces compliments dictés par l'usage à
des bouches envieuses ou indifférentes. L'amour
heureux chantait si bien dans son âme qu'elle
en aimait tous les échos. Elle jouissait profondément de tout ce qui eût causé un peu d'em-
barras à toute femme moins fortement éprise.
Ryno de Marigny, en entendant ces douces
paroles vivifiées des plus célestes inflexions de
l'amour, serra la belle main qu'il tenait dans
les siennes et qui déjà était à lui.

« Et quand cela serait ? répondit, en riant,
la marquise, je ne dépenserais pas ton bien
pour longtemps, petite, car dans vingt-quatre
heures, lui et toi, vous ne ferez plus qu'un. »

Le lendemain, à midi, tout le faubourg Saint-

Germain assista au mariage de Mlle de Polastron et de M. de Marigny. La marquise douairière de Flers avait voulu donner à cette cérémonie la solennité qu'on y donnait dans sa jeunesse. A présent, une fausse pudeur, une pudeur anglaise qui met sur tout son voile indécent, a fait du mariage une espèce de huis-clos mystérieux. On cache son bonheur comme s'il était coupable. On ne sait, plus en donnant la main à une belle fille qu'on prend pour femme, sous l'œil de Dieu et à son autel, porter légèrement sur son front levé le regard des hommes. On aime mieux recevoir furtivement la bénédiction d'un prêtre et s'enfuir dans une chaise de poste, comme une bête qui emporterait sa proie, que de donner à l'acte qui fonde une famille nouvelle la lente et majestueuse observance des convenances extérieures qui l'accompagnaient autrefois. La marquise de Flers n'était pas dévote, mais elle tenait aux traditions d'un autre âge. Elle voulut couronner la félicité qui était l'œuvre de ses mains, des pompes du monde, unies aux pompes de la religion. On se souvint longtemps à Saint-Thomas d'Aquin, cette aristocratique église où l'orgueil des races aime à se mettre à genoux devant Dieu, de la messe de mariage de Mlle de Polastron. La musique en avait été composée par une de ses amies, célèbre depuis, et l'âme de la femme, dans ce morceau dont tout Paris parla et qui n'a pas été recueilli, s'entremêla, pour le rendre plus touchant encore, aux mâles inspirations de l'artiste. La marquise douairière de Flers, qui avait des relations de parenté et de monde avec toute la haute société de Paris et de l'Europe, en avait convoqué le ban et l'arrière-ban à ce mariage. La petite église de Saint-Thomas d'Aquin offrait un spectacle digne des plus beaux jours de la Restauration. On aurait pu se croire à cette époque de dévotion mondaine, en regardant la foule incessante que des voitures, chargées d'armoiries, déposaient à chaque instant sur les marches du parvis et qui allait s'entasser un peu confusément dans la nef et jusque dans le chœur. Partout ce n'étaient que de nobles visages, profils délicats ou fiers, mises recherchées ou simples, sur lesquelles brillait, de temps en temps, l'étoile en diamants de quelque ordre. Chose qu'on remarqua dans cette foule imposante! les femmes étaient en majorité. Un mariage d'amour, c'est une fête pour elles! Et elles y vinrent comme à une fête, élégantes, parées, dans leurs plus charmantes toilettes du matin, souriantes, rêveuses, intéressées, curieuses surtout! curieuses de voir l'une des plus riches héritières de France prendre pour époux et pour maître un

simple gentilhomme sans titre, pauvre comme
Job, joueur comme les cartes, et libertin, disait-on, comme le Valmont des *Liaisons dan-
gereuses*. Pour des Françaises, chez qui les
folies de cœur sont si rares, cela méritait
d'être vu !

On avait placé deux fauteuils en velours cra-
moisi, à crépines d'or, avec des coussins de
même couleur, sur la marche supérieure du
maître-autel. C'est là que les mariés devaient
s'asseoir pour entendre la messe. Quand M. de
Marigny monta jusque-là, en donnant la main
à Mlle de Polastron, il y eut, dans ce monde
qui les connaissait pourtant tous les deux,
parmi les hommes, un murmure d'admiration
pour elle, et, parmi les femmes, un silence
pour lui.

Sans doute on les jugeait dignes l'un de l'autre. On comprenait que leur amour eût été une
prédestination.

Mlle de Polastron était en blanc, chargée de
dentelles, mise comme toutes les mariées du
monde. Elle baissait ses longues paupières sur
ses joues où l'émotion versait de la pâleur,
mais de la pâleur lumineuse. A ces flots de
mousseline des Indes, qui enveloppaient sa
beauté sainte comme d'un nuage et dans lesquels les souffles de la démarche trahissaient la
précision des plus purs contours, à sa virginité

d'attitude, à cette fusion divinement tempérée
de la chasteté et de l'amour, on pensait, malgré soi, à l'Étoile du Matin, invoquée dans les
Litanies. Son voile de Malines, ce manteau
impérial de toutes les mariées, fragile, hélas !
comme leur empire, descendait jusqu'à ses pieds,
et elle le portait de manière à justifier ce grand
nom de la fille de Charlemagne qu'on avait osé
lui donner. Près d'elle se tenait Marigny. Il
était mis avec la simplicité qui sied aux hommes
sûrs de leur puissance. Sans doute il était heureux, puisqu'il épousait celle qu'il aimait depuis
longtemps ; mais pourquoi la pensée que, dans
quelques heures, il pourrait presser librement
sur son cœur cette adorable jeune fille, ne lui
attachait-elle pas aux tempes un plus splendide
éclair ? Quelle était la rêverie inconnue dont
le voile se dépliait mollement sur son front
pensif ?... Qui sut, si ce n'est lui, l'émotion in-
térieure qui l'accompagnait à l'autel ?... Comme
le jeune homme du rêve de lord Byron, pensait-
il alors, sous la coupole étincelante de cette
église, qui versait une lumière rosée au col
penché de son Hermangarde, à quelque appartement lointain et obscur, où jadis il eût serré
une main qui n'était pas celle qu'il avait alors
dans les siennes ?... Enfin était-ce l'avenir, était-
ce le passé qui assombrissait son visage au moment où il aurait dû rayonner ? Ou, tout sim-

plement encore, était-ce l'oppression d'une félicité trop grande, la mélancolie du bonheur? Car ils disent, les gens qui ont été heureux, que le bonheur a aussi sa mélancolie.

A côté des mariés, dans un fauteuil semblable aux leurs, mais placé plus bas, la marquise douairière de Flers, en robe de poult-de-soie carmélite, en mante noire et en mitaines, couvrait de ses yeux maternels, dans lesquels brillaient cent ans de vie, sa petite-fille et Marigny. La joie de son cœur dorait ses rides.

« Regardez-la, vicomte! dit Mme d'Artelles à son ancien Sygisbé, en mettant son paroissien ouvert devant sa bouche, pour que la réflexion n'allât qu'à son adresse, perd-elle la tête, ma pauvre amie? Elle a l'air plus heureuse qu'Hermangarde. Si elle ne faisait pas épouser son Marigny à sa petite-fille, je crois, en vérité, qu'elle l'épouserait.

— Ce serait donc sa première folie, répondit le vicomte, en ricanant silencieusement, car elle n'en a jamais fait pour personne. C'est une fine mouche. Mais enfin il est temps pour tout, et, tôt ou tard, il faut bien que jeunesse se passe. »

Et, tout enchanté de se trouver tant d'esprit, le vicomte de Prosny tourna orgueilleusement son binocle sur l'assemblée qui emplissait la nef. Il distribuait des signes de tête à toutes les

personnes de sa connaissance. A force de regarder autour de lui, son attention lassée se porta
sur l'orgue qui répandait alors ses fleuves d'harmonie sous les arceaux de l'église ébranlée, et
il ajusta, dans l'espèce de tribune qui s'ouvre
des deux côtés du majestueux instrument, une
personne qu'il ne croyait pas là, sans doute,
car il prit le plus surpris de ses airs étonnés,
et poussant sa joue avec sa langue et de son
coude le coude de la comtesse d'Artelles :

« Que le diable m'emporte, dit-il, sans avoir
égard à la sainteté du lieu, si ce n'est pas là la
señora Vellini ! »

On touchait au moment le plus solennel de
la messe, mais le mot, prononcé à voix basse
par M. de Prosny, produisit son effet sur la
comtesse d'Artelles et lui fit tourner fort irré-
vérencieusement le dos à l'autel. Elle aurait
oublié Dieu le Père lui-même en personne,
pour voir la señora Vellini. Dix curiosités, en
une seule, braquèrent ses yeux armés de lu-
nettes vers l'endroit que lui désigna le vicomte.
Elle voulait juger Vellini, cette terrible maîtresse de dix ans ! C'était la curiosité de la
femme, qu'avait eue aussi Mme de Flers. Puis,
c'était la curiosité de l'ennemie ! Pourquoi la
señora était-elle venue à ce mariage ? Était-ce
l'amour désolé qui entr'ouvrait et faisait sai-
gner sa blessure ? Était-ce le projet de quelque

scène, de quelque scandale, peut-être de quelque vengeance? Quel sentiment enfin l'avait poussée à Saint-Thomas pour s'y repaître les yeux et l'âme de l'outrageant bonheur de M. de Marigny? Questions qui faisaient palpiter tout ce qu'il y avait de vivant dans Mme d'Artelles. Elle resta un moment à considérer la señora, comme si l'église avait été un théâtre et qu'elle eût fixé une actrice.

« C'est donc, cela, cette Vellini dont vous parlez tant! » dit-elle du même ton que M. de Prosny avait pris pour lui parler, mais avec l'expression du dédain le plus aigu.

L'Espagnole était assise du côté droit de la tribune. Par la pose qu'elle avait alors, on ne voyait que son buste. Elle portait la robe de son pays, toute recouverte de dentelle noire par-dessus le satin luisant, et, sur sa tête, elle avait sa mantille. Mise singulière, en France, où tout ce qui n'est pas la tenue de tout le monde paraît trop hardi. Elle était accoudée, la main contre sa joue, à la balustrade en pierres de la tribune. L'opposition de ses vêtements noirs et de son teint bistré la faisait paraître plus jaune que jamais. Elle avait les yeux tournés vers Mlle de Polastron, qui devenait alors Mme Ryno de Marigny.

Son regard, fixe et profond, était si chargé du magnétisme inexplicable qui n'a pas même

besoin d'un autre regard pour fasciner, qu'Hermangarde en sentit la lourdeur oppressive sur
ses candides et suaves épaules, voilées de la
brume des dentelles. Malgré elle, malgré les
ineffables délices dans lesquelles nageait son
âme, la mariée distraite se retourna, cherchant
vaguement d'où venait cette impression qui
l'atteignait et qu'elle dut attribuer à l'orage,
car on était au mois de juin et la chaleur acca-
blait.

Quant à la comtesse d'Artelles, elle n'était
pas de force à lire dans cet impénétrable regard.

« Ma foi, dit-elle, chuchotant toujours avec
son vieux vicomte, vous disiez très-bien. Elle
est fort laide et l'air effronté de ses pareilles ne
lui manque pas. Sa mise est celle d'une bala-
dine. Mort de ma vie, ils sont jolis, les goûts
des hommes de ce temps en général, et de Marigny en particulier ! »

M. de Prosny ne répondit pas. Il était allé
souvent chez la señora Vellini, et peut-être
avait-il plus d'indulgence que Mme d'Artelles
pour les goûts de la jeunesse de ce temps.

« Elle a l'air bien tranquille, pour faire une
scène, ajouta la comtesse. Et pourtant dans
quelle autre intention une femme comme elle
serait-elle venue à ce mariage ? Qu'en dites-
vous, monsieur de Prosny ? »

M. de Prosny n'en disait rien du tout. Il était occupé à lorgner le côté gauche de la tribune, dans laquelle se trouvait une autre femme, en noir aussi, comme la señora, dont la pose était moins fière et moins mondaine. Cette femme était à genoux sur un prie-Dieu placé au bord de la balustrade ; affaissée, le visage caché et soutenu par des mains amaigries. On eût dit qu'elle était la proie de sa propre prière, si elle en adressait une au ciel, ou de sa propre pensée, si elle ne priait pas.

« Comtesse, s'exclama presque M. de Prosny, voici un hasard des plus étranges ! Qui croyez-vous qu'est cette femme de l'autre côté de la tribune et qui fait pendant à la señora Vellini?... Tenez... là !... qui semble avoir peur d'être remarquée et pour cela cache son visage dans ses mains?...

— Je ne vois pas très-bien..... répondit Mme d'Artelles, se penchant en avant, à cause d'un pilier qui lui cachait la personne dont parlait M. de Prosny.

— Eh bien, c'est la comtesse de Mendoze !

— Par exemple ! ! !

— Oui, c'est elle ! reprit M. de Prosny. C'est cette pauvre comtesse, victime du monstre heureux qui se cambre si bien à l'autel dans ce moment. Admirez-vous une telle rencontre?... Le cœur romanesque a eu la même idée que la femme perdue, et le plus grand des romanciers, le Hasard, a voulu que toutes les deux assistassent au mariage de leur ancien amant, à quatre pas l'une de l'autre, *de manière que.....* *de manière que....* en reconduisant sa femme à sa voiture, ce Marigny du diable pourra voir ses vieilles conquêtes orner de leur présence son triomphe d'aujourd'hui. »

Il y avait dans l'accent de M. de Prosny le sentiment d'envie d'un vieux vaniteux oxydé, qui aurait savouré dans sa jeunesse, avec la férocité d'un cœur sec, la jouissance égoïste qu'il attribuait à Marigny, et qui, ne l'ayant point goûtée, se vengeait alors à en médire.

Mme d'Artelles reconnut Mme de Mendoze.

« Il ne manquerait plus, dit-elle, que toutes les femmes qu'il a compromises fussent ici. Ce serait vraiment drôle. Vous avez un binocle à qui rien n'échappe, vicomte. Cherchez et avertissez-moi, quand vous en verrez. »

Peut-être y étaient-elles en effet. Parmi ces femmes du monde qui baissaient alors leurs longues paupières hypocrites sur leurs missels, peut-être s'en trouvait-il plusieurs que M. de Marigny *avait eues,* comme l'aurait dit M. de Prosny, avec un sans-façon, très-convenable au moins dans ce cas. Elles ont parfois, les femmes du monde, une merveilleuse facilité d'oublier. Elles vous ont appartenu tout entières, et s' advient qu'elles vous rencontrent, elles ne vous font pas même l'honneur de vous reconnaître. Elles restent froides et souriantes de ce froid sourire stéréotypé à leurs lèvres, monnaie banale qu'elles donnent à tous. Elles n'ont pas assez de sang dans les veines pour être trahies par une rougeur. Marigny, de l'autel où il se mariait, aurait pu apercevoir un cercle de ces femmes oublieuses et naïvement impudentes, l'entourer comme les spectres de ses victimes entourent Richard III dans Shakspeare ; mais pour lui, pour Marigny, pour ce Richard III de la séduction, il n'y aurait eu ni remords, ni horreur, ni épouvante, dans un tel spectacle, car les cœurs qu'il avait tués se portaient fort bien.

Excepté un seul, pourtant, qui n'avait pas profané l'amour, renié le passé, en l'oubliant, celui de Mme de Mendoze, mourant d'un sentiment trop fort, déchirée par les limiers du monde, et venue, dans sa dernière heure de détresse, s'abattre aux pieds de l'autel où son Marigny s'enchaînait à la vie d'une femme qui n'était pas elle, comme une biche blessée au bord des eaux.

Et elle, l'âme douce et bonne, la comtesse Martyre de Mendoze (car elle s'appelait Martyre. Sortie du sein de sa mère par le fer, elle en avait été meurtrie et on l'avait appelée

Martyre. Y a-t-il donc toute une destinée dans un nom ?...), n'était point venue là, poussée par une passion égoïste et mauvaise, une curiosité haineuse ou jalouse. Lis broyé qui donnait plus de parfums, depuis que la douleur avait macéré ses feuilles blanches, elle ne haïssait pas Hermangarde et elle pardonnait à Marigny. Héroïque d'humilité tendre, elle comprenait qu'il ne l'aimât plus et elle en mourait. L'idée l'avait prise d'assister à la navrante cérémonie qui achevait le malheur de son âme ; d'en savourer, un à un, tous les détails... Cruelle fantaisie que les cœurs brisés connaissent ! On agace la plaie qui saigne ; on égoutte sur ses lèvres la coupe de poison.

Ah ! ce jour-là, elle souffrait plus qu'elle n'avait souffert depuis que M. de Marigny l'avait abandonnée, mais une force surhumaine lui fit presser et tordre sa douleur autour de son cœur déchiré et courir à Saint-Thomas d'Aquin. Nulle invitation ne lui avait été envoyée. Le noble Marigny, qui n'avait avec elle que les torts involontaires de la nature humaine, aurait regardé comme la plus implacable ironie d'adresser une lettre de *faire part* à cette femme pour laquelle il ressentait une pitié respectueuse. Il avait eu la délicate pensée de se rappeler à elle, en affectant de l'oublier. Il montrait combien le passé tenait de place dans son âme, par l'exception qu'il faisait d'elle, parmi tous ces indifférents qu'il conviait au spectacle de son bonheur.

Mais cette généreuse sollicitude fut inutile. Mme de Mendoze avait résolu d'aller secrètement, en voiture sans livrée et sans armoiries, à ce mariage, dont les Arsinoé du monde n'avaient pas manqué de lui indiquer le jour et l'heure, et elle accomplit son projet. C'était insensé... car à quoi bon s'attester une fois de plus qu'on est perdue ; que la destinée qui vous tue depuis si longtemps va vous donner son dernier coup?... Mais qui n'aime pas jusqu'à la folie, n'a jamais aimé comme cette femme aimait.

Elle croyait qu'elle ne serait pas aperçue... qu'elle pourrait se livrer à la fiévreuse ivresse de ces larmes qui, en coulant, emportaient sa vie. Pleurer là... à dix pas de lui qui l'ignorait... sentir son pied lui marcher sur le cœur, sentir le pied d'une rivale préférée (et pardonnée !), y joindre un poids plus insupportable encore, et prier pour tous deux ; demander à Dieu, les mains jointes, de les bénir et d'éterniser leur amour, voilà la sublime folie qu'elle voulait réaliser avant de mourir tout à fait. Elle était déjà plus d'à moitié morte, et elle ne tenait plus à la vie que par l'enthousiasme du désespoir.

Dieu la soutint, car Dieu aime les folies des âmes qu'il a créées immortelles. Pendant cette messe qui dura longtemps, les nerfs de cette frêle blonde, minée jusqu'à la transparence par une passion plus forte que la vie, ne furent point au-dessous de la passion du cœur. Nul sanglot ne trahit de son rauque éclat le silence dans lequel cette femme priait, enveloppée. Nulle convulsion ne la renversa sur la terre. Elle se tint à genoux sans faillir. Elle vit tout, elle entendit tout, le prêtre qui *les* bénissait, la foule qui *les* admirait, le double anneau, le double *oui* prononcé avec tant d'amour par les deux voix qui le disaient, et elle endura cette torture, immobile, voilée, buvant ses larmes qui dévoraient ses joues en y ruisselant et sans que personne auprès d'elle pût se douter de son supplice. M. de Prosny et la comtesse d'Artelles l'avaient bien reconnue, mais ce qu'elle éprouvait, Dieu seul le vit et en eut pitié. Elle réalisait pour Marigny le mot de sainte Thérèse qui défiait Dieu de l'empêcher de l'aimer, même en la damnant, même en la plongeant dans son enfer. Ce ne fut qu'après que tout cela fut fini, quand le *consummatum est* de la félicité pour eux et du malheur pour elle eut été écrit dans le livre du destin, qu'elle sentit l'espèce de fièvre qui l'avait animée tomber et s'éteindre. Tout le temps qu'il y eut quelque chose à voir de la poignante cérémonie pour laquelle elle était venue, elle fut forte de résignation, haletante de curiosité, assoiffée d'un martyre qu'elle voulait souffrir pour le Dieu de sa vie, qui, comme le Dieu du ciel, ne le verrait pas et jamais ne l'en récompenserait... Mais quand les mariés, la messe dite, eurent descendu la nef, suivis d'un flot de parents et d'amis, à travers la brillante assemblée qui se pressait sur leur passage ; lorsque les derniers bruits des voitures se furent perdus au loin et que l'église, peu à peu redevenue déserte, eut repris son silence accoutumé, la faiblesse revint au cœur de l'infortunée comtesse, et elle crut qu'elle allait mourir. Le sol lui parut tourner autour d'elle. Elle eut peur de s'évanouir dans cette tribune vide et solitaire où elle était restée. Elle en redescendit l'escalier, chancelante et n'ayant plus qu'une pensée : le désir d'aller mourir plus loin ; touchante pudeur de femme malheureuse, dernier soin de la fierté d'une Mendoze qui voulait sauver sa mémoire de l'insulte prodiguée à sa vie.

Quand elle arriva au bénitier où sa main défaillante s'appuya, elle vit, de l'autre côté de cette conque de marbre qui contient l'eau sainte, une femme qui y trempait sa main.

— Ah !!! dirent-elles toutes deux en se re-

connaissant. Cri réciproque et involontaire
auquel le sentiment d'une vieille haine donna
une étrange profondeur. L'église retentit de ce
double cri, si bref et si sombre. Mais personne,
excepté ces deux femmes, ne s'y trouvait alors,
et ne fut scandalisé d'entendre la voix des
passions troubler la paix du sanctuaire.

Elles s'étaient vues déjà. Vellini, pendant la
liaison de M. de Marigny et de Mme de Mendoze, avait, curieuse et peut-être jalouse (qui
lisait dans cet incrustable cœur?), poursuivi
d'une recherche acharnée la femme qui lui
avait succédé dans le cœur de son amant. Elle
s'était multipliée et repliée autour de la comtesse, partout où elle avait pu la rencontrer.
Souvent Mme de Mendoze avait involontairement frémi en apercevant dans la foule, soit
au théâtre, sur le devant d'une loge, placée en
face de la sienne, soit sur les marches de l'escalier des Italiens, lorsqu'avec mille autres elle
y attendait son tour de voiture, une femme
mince et fièrement cambrée, qui, comme une
vipère dressée sur sa queue, comme la guivre
du blason des Sforza, lui lançait deux yeux
d'escarboucles opiniâtrément dévorants. On a
déjà vu combien l'amour si ardent de cœur et
si pur de sens de la comtesse de Mendoze paraissait faible et misérable à la fougueuse et
sensuelle Vellini. Et cela qu'elle ne comprenait

pas (quand elle rencontrait Mme de Mendoze) lui affilait encore le regard et le rendait insupportable.

Aujourd'hui, elle ne se contenta pas de la regarder, elle lui parla :

« C'est donc vous, comtesse de Mendoze ! lui dit-elle familièrement, en digne fille adultérine d'une duchesse, qui croyait, sans doute, que toutes les femmes étaient égales devant l'amour. Il y avait longtemps que nous ne nous étions vues. Nous nous rencontrons donc encore une fois.

— Vous savez mon nom, madame, répondit la comtesse, avec une dignité triste qui trancha sur le ton hardi de la señora ; moi, je ne sais pas le vôtre. Mais depuis longtemps je vous connais. Jamais vous ne m'aviez parlé jusqu'ici, mais les sentiments vrais se devinent. J'ai cru autrefois que vous aviez sur moi de méchants desseins. Je sentais en vous une rivale. Je sentais que vous deviez aimer comme moi Ryno de Marigny.

— Non, je ne l'aimais plus, reprit Vellini, je l'avais aimé ! Si je vous suivais dans la foule, si je cherchais à lire dans votre âme à travers votre blanc visage, c'est que je ne pouvais comprendre que le Ryno qui avait été à moi pût être à vous !

— Ah ! si j'en avais été trop fière, dit Mme de

Mendoze, qui ne plia pas plus qu'elle ne se
révolta sous cet arrogant mépris, j'en aurais
été bien punie. Une plus belle que moi m'a
vaincue.

— Une plus belle que nous deux, madame !
repartit Vellini touchée de cette grandeur mo-
deste, et cherchant à s'y associer en se faisant
justice. Vous étiez déjà plus belle que moi,
mais si je ne comprenais pas qu'il pût vous
aimer, lui, c'est que je connaissais, c'est qu'il
me racontait votre amour.

— Hélas ! madame, reprit la pauvre comtesse
à qui son tendre cœur ne reprochait rien, comment donc était-il, votre amour, puisque le
mien vous faisait pitié ?

— Oh ! le mien ! reprit Vellini, en rejetant
sa tête en arrière, avec un éclat dans la voix
auquel un tressaillement des échos de l'orgue
répondit. Puis elle ajouta d'un ton plus bas
avec la superstition retrouvée d'une Espagnole :
Mais cela ne peut pas se dire dans l'église... »

Et comme pour écarter les deux démons de
la Volupté et de l'Orgueil qui la poussaient à
faire curée, devant sa rivale, des souvenirs de
son amour, elle, qui pensait si peu à Dieu
d'ordinaire, se couvrit d'un grand signe de
croix.

La comtesse eut une rougeur sous sa pâleur
de larmes. L'accent de la Malagaise lui révé-

lait d'épouvantables bonheurs dont l'idée n'avait jusque-là jamais approché de son âme, chaste comme la neige des glaciers, mais comme la neige des glaciers quand elle commence de devenir fumante sous les forts rayons du soleil.

« Je ne veux pas le savoir non plus, dit Mme de Mendoze avec le sentiment d'un affreux regret. Mais l'amour, c'est le dévouement, et si vous l'aimiez encore, madame, comme moi je l'aime toujours, dites, qu'auriez-vous fait aujourd'hui ?

— Si je l'aimais encore !!! Voyez-vous ce *cuchillo*, comtesse ? reprit la señora en tendant une espèce de couteau grossier, par-dessus le bénitier, à Mme de Mendoze qui eut horreur de l'instrument et du geste. Je serais venue ici même, au pied de cet autel, l'enfoncer dans le cœur de celle qu'il épouse, pour qu'il n'en eût jamais d'enfant. »

Et l'idée qu'elle exprimait lui fit monter le sang aux tempes et à ses yeux cruels qui s'injectèrent. Son visage noircit. On voyait qu'elle ne se vantait pas et qu'elle était très-capable de ce qu'elle disait.

« Et moi, madame, dit la comtesse, j'ai fait mieux que cela. J'ai prié pour lui, j'ai prié pour elle. J'ai demandé à Dieu de les bénir et de bénir leurs enfants. Méprisez-moi de tant dé faiblesse, mais je crois l'aimer mieux que vous. »

Évidemment, la fille du toréador ne comprit rien à cet héroïsme de l'amour dévoué. Un poing à la hanche, le front contracté, elle écoutait avec un mépris aveugle les paroles de Mme de Mendoze... Et comme si elle lui eût jeté la foudre :

« Priez donc, dit-elle avec triomphe, et aimez-le, ce sera en vain !... Vous ne le reverrez pas à vos pieds. Moi, je ne l'aime plus ; je ne prierai pas, et pourtant il me reviendra ! »

Ce fut au tour de la comtesse de ne pas comprendre.

« Elle est folle, pensa-t-elle, l'amour l'a égarée. Serait-ce vrai ? L'aimerait-elle mieux que moi ?

— Oui, il me reviendra ! reprit cette étrange prophétesse des passions éteintes, la *chaîne du sang* est entre nous. Vous ne croyez pas, madame, mais, écoutez-moi. »

Et, lui prenant la main, elle l'entraîna vers la porte, comme si ce qu'elle avait à lui dire n'avait pu être prononcé dans le lieu saint, et elles sortirent de l'église toutes les deux.

FIN DE LA PREMIÈRE PARTIE
ET DU PREMIER VOLUME.

TABLE

—

PREMIÈRE PARTIE.

Achevé d'imprimer

le quinze février mil huit cent soixante-dix-neuf

PAR CH. UNSINGER

POUR

ALPHONSE LEMERRE, LIBRAIRE

A PARIS

www.ingramcontent.com/pod-product-compliance
Lightning Source LLC
Chambersburg PA
CBHW071802020726
47502CB00004B/979